喚醒你的英文語感！

Get a Feel for English !

喚醒你的英文語感！

Get a Feel for English !

# English Interviews

Real Questions, Good Answers

作者◎薛詠文

# 英語面試應答實錄

## 甄試　留學　就業

# 一本通

MEETING ROOM

What activities were you involved in outside of the classroom? What is your favorite activity outside the classroom?

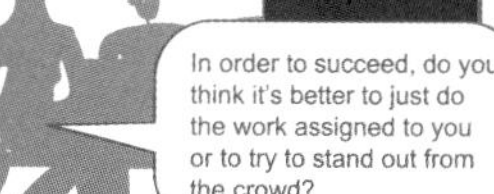

In order to succeed, do you think it's better to just do the work assigned to you or to try to stand out from the crowd?

you prefer to work on
ny different types of
ks or do similar tasks all
long?

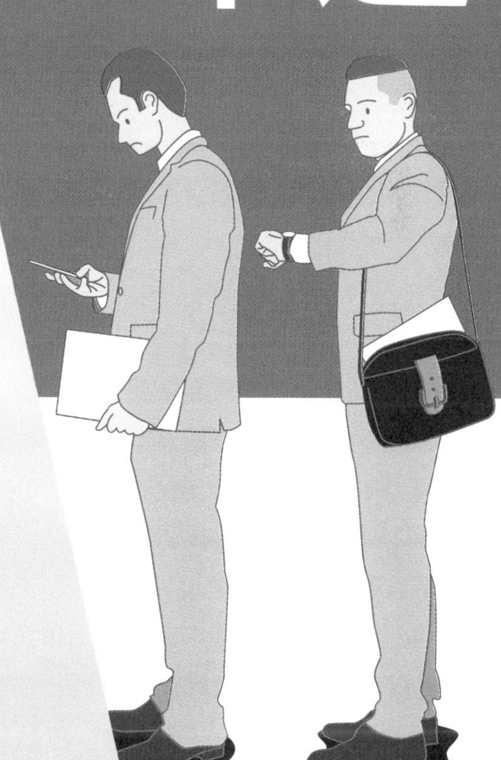

# 推薦序

在這個全球化競爭激烈的升學‧職場環境中，考生或求職者須具備各種面試技巧，才能讓自己在眾多競爭者中嶄露頭角，而英文口語表達能力更是其中必備的關鍵能力之一。然而，對許多人來說，面試本身已經是一個讓人緊張不安的挑戰，更遑論當它是用英文進行時。本書除了提供非常實用且系統性的面試策略，更透過詳盡且精闢的英文問答範例，有效幫助讀者事前進行模擬練習，以期在正式的英語面試中得以適切地發揮，順利通過。

讀者可從本書內容中瞭解到研究所教授及企業人資在進行招募面試時最在意的事情，並學會如何在面試中最大化自己的競爭力。此外，本書也觸及了許多不同類型的面試，包括實體面試、線上面試、團體面試等，並針對每種面試提出專門的技巧和應對策略。最重要的是，書中網羅了極豐富的面試問題及最佳擬答，藉由學習這些問答，讀者等同於用一種身歷其境的方式更充分地準備自己的英語面試。

另外也值得一提的是，本書不僅收錄了面試口語表達技巧，還包括「智取面試延伸補給」，內含幫助侃侃而談的一系列詞彙組、句型組、影音履歷 (Video CV) 腳本範例等，這些都是讀者在準備面試過程中實用性頗高的參考資源。此外，書中也納入了面試前與當天的贏戰叮嚀，以及面試時該做與不該做的事情，讓讀者聰明避免在面試時犯下尷尬或令人扼腕的錯誤。最後，本書亦附上應試者適合提出的問題與結束感謝用語，讓讀者在面試主要環節結束後持續讓面試官留下好印象。

總而言之，對於那些正在準備入學考口面試或尋找一份理想的工作機會（尤其是相當看重英語能力的外商職缺）的人，本書內容涵蓋從面試前的準備、面試過程中的技巧到面試後的反思和總結，是一本可讓你立即派上用場的英語面試指南。它不僅能夠幫助讀者增強英文口語能力，還有助於掌握如何在英語面試中從容展現自我價值的訣竅。如果你正在尋覓一本足以協助你在研究所入學或求職面試中大放異彩的書籍，那麼本書絕對值得你擁有。

孫于智

國立陽明交通大學

英語教學所教授

# 作者序

你在準備國內外研究所入學申請嗎？亦或是在準備求職或轉職道路上徘徊呢？不論你在準備的是學業進修或進入職場，英語面試可能都是必須突破的一大關卡。台灣已是一個邁入國際化的社會，從學校申請到外商或大型企業的求職面試可能都會被要求以英文進行；倘若是想出國進修或就業（例如申請英美研究所等），英文更是面試時會使用的第一語言。有鑑於此，筆者有了本書的構想，期望本書的誕生可助讀者一臂之力，順利通過英語面試，達成目標。

尤其在現今智慧工具與網路發達的高科技時代，英語面試更是已跳脫傳統的框架，而演變出各種不同的可能場景，例如線上視訊面試、多人團體面試等。為因應這波趨勢並與英語面試整合應用，本書第一部分首先針對上述兩種型態的面試和目前愈見盛行的影音履歷 (Video CV) 做了全面性的詳細解說，以及淬鍊自筆者多年來的業界與教學經歷的關鍵提點。

第二部分則是本書重頭戲——面試實境最常問及的一百個問題與擬答。各題除了列舉研究所申請學生可參考的「有力簡答」和「深入詳答」之外，還包括求職面試情境的「深入詳答」，並提供「實用句型」及「好用字彙」，幫助讀者在準備面試的同時，也能增進自身英語的用字遣詞能力。

在此特別強調，讀者在準備研究所申請或求職．轉職面試應答時，必須瞭解面試時的發問權主要掌握在面試官（教授或人資主管）手上，面試官會問什麼問題，可能因校風、企業文化，甚或應試者當下的反應而有所變化。本書選題力求眞實並以不同的角度出發，將研究所申請與外商企業面試時的多樣化問題仔細歸納整理，盡量涵蓋面試官可能提及的問題，讓應試者預先有概念並思考如何展現自我、行銷自己，最終如願進入理想研究所或斬獲夢想職缺的工作機會。

當然，專長、優勢和希望投身的研究或工作領域因人而異，在參考本書的最佳擬答之後，請務必也花一點時間針對實際狀況設想自已的答案。每道問題後的 “My own answer” 空白處，就是留給你草擬自已的應答。

對英語面試的問答架構熟悉了之後，再搭配逐步培養出的英語能力，對應試者而言將會是如虎添翼，無形中提高了錄取的機會。準備英語面試不僅僅只是爲了進入研究所或得到一份工作而已，更進一步的深層意義是，讀者可藉由揣摩問題和答案來建立起一個專屬於自己「具邏輯性」的思考模式，而這樣的思考模式對往後進入研究所進修或職場上的深度溝通將會有莫大的助益。

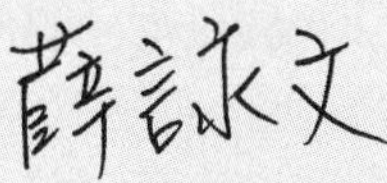

# CONTENTS 目錄

## Part 3 關於過去求學與工作的問題：表現／經驗

## Part 5 情境假設與機智問題

# 本書特點與架構

以下針對本書主要內容「Section 2」介紹特色並提供學習建議。「Section 2」囊括面試場上實際可見的、考驗回答技巧的 100 道題目，不管是對研究所申請者或求職者而言，皆極具參考價值，登場前務必讀過一遍！

**面試問題**

網羅各大院所教授或公司人資主持英語口面試時最常提出的 100 道問題。

**MP3 音軌編號**

各題所有應答皆有外師示範發音，以「問題→擬答」順序錄製。

**有力簡答**

針對研究所申請口面試，收錄較簡短的擬答，文句精簡到位，特別適合面試時間有限或參加團體面試者參考，臨場應用更得心應手。

**深入詳答**

無論是研究所申請（研）或求職（職）面試，皆有可能面臨到的問題以及較詳細的擬答。除了回答重點之外，應把握機會進一步舉出相關實例或完整的情境說明，讓面試官有更深入的瞭解。

---

Q3 MP3 003

**What are your strengths and weaknesses?**

你的個人強項與弱點為何？

研 有力簡答

I have good communication skills and I'm able to speak English **fluently**. As for my weaknesses, I would say that sometimes I pay too much attention to details.

我有不錯的溝通能力，我能說一口流利的英語。至於我的弱點，我會說有時候我太注重細節了。

研 深入詳答

I would say that I've got good communication skills, which is the **foundation** of effective teamwork. I've had plenty of opportunities to work on school projects with my classmates. I've learned that it's important to communicate effectively with other people in the group about **expectations**, **task distribution**, and other details. From time to time, there are **disagreements** among team members, but because I communicate well, we can usually **resolve** any issues **smoothly**.

我認為我有很好的溝通技巧，這是有效團隊合作的基礎。我有很多機會與同學一起完成學校專題，因此我瞭解與團隊中其他人有效地溝通期望值、任務分配和其他細節很重要。團隊成員間時不時會出現意見分歧的狀況，但由於我優秀的溝通能力，通常我們都能順暢地解決問題。

職 深入詳答

I consider my communication skills and language ability my two strengths. This **combination** enables me to communicate with clients worldwide without any difficulties. As for my weaknesses, I have to **admit** that sometimes I pay too much attention to details. When I'm working on a task, I spend lot of time checking all details in order to make sure everything is **perfect**. However, I do try to strike a good **balance** between **ensuring** my tasks are done **accurately** and completing them efficiently.

我認為溝通技巧和語言能力是我的兩大優勢，這個組合使我能夠毫無困難地與世界各地的客戶溝通。至於我的弱點，我必須承認，有時候我太注重細節了。當我執行任務時，我會花很多時間檢查所有細節，以確保一切都完美無缺。然而，現在我會試著取得一個平衡來確保工作有效率地準確完成。

30

**Tips 面試一點通！**

針對每道問題提供回答技巧指引，包括答題時應強調的重點或應避免提及的事項。

全書面試問答和例句附有 MP3 音檔，請刮開書內刮刮卡，上網啓用序號後即可下載聆聽。網址：https://bit.ly/3WbadeD，或掃描 QR code ▶

**Tips 面試一點通！**

此題可以說是申請學校與求職面試必問的題目之一了。在討論個人特質與強項方面，你應該是最瞭解自己的人，因此就自然地回答，不必要刻意背誦什麼聽起來了不起的答案。至於弱點方面，建議敘述一些相對不是很嚴重且無傷大雅的事物，比方說：爲了多檢查幾次報告的準確性而導致遲交等。討論自己的缺點其實無妨，重點是若也順便提及之後打算如何修正，反而還有加分效果！

**實用句型**

**I consider ... and ... my two strengths.**
我認為……和……是我的強項。

例 I consider planning and research skills my two strengths.
我認為規劃和研究能力是我的兩大優勢。

**好用字彙**

**fluently** [ˋfluəntlɪ] (*adv.*) 流利地
**foundation** [faʊnˋdeʃən] (*n.*) 基礎
**expectation** [ˌɛkspɛkˋteʃən] (*n.*) 期望值
**task** [tæsk] (*n.*) 任務；工作
**distribution** [ˌdɪstrəˋbjuʃən] (*n.*) 分配
**disagreement** [ˌdɪsəˋgrimənt] (*n.*) 不同意
**resolve** [rɪˋzalv] (*v.*) 解決
**smoothly** [smuðlɪ] (*adv.*) 流暢地；順利地
**combination** [ˌkambəˋneʃən] (*n.*) 組合
**admit** [ədˋmɪt] (*v.*) 承認
**perfect** [ˋpɝfɪkt] (*adj.*) 完美的
**balance** [ˋbæləns] (*n./v.*) 平衡／使平衡
**ensure** [ɪnˋʃʊr] (*v.*) 確保
**accurately** [ˋækjərɪtlɪ] (*adv.*) 正確地

✎ My own answer

Section 2 **Part 2** 31

**實用句型**

精選自最佳擬答的關鍵句型，並搭配例句幫助掌握使用方法，可依自身狀況修改應用。

**好用字彙**

擷取自最佳擬答中出現的重點字彙，在回答相關面試問題時也可靈活運用。

**My own answer**

請試著寫下自己的答案或應答要點，可將上方的句型、字彙或書末附錄歸納的「詞彙組／句型組」融會貫通，統整出自己的最佳擬答，方便面試前隨時複習。

# Section 1

## 這樣做讓你成為萬中選一：大大面向搞定口面試

- 面試官最在意的事
- 線上面試應答訣竅
- 團體面試勝出策略
- 影音履歷製作技巧
- 面試前與當天的贏戰叮嚀
- 面試時該做與不該做的事

## 面試官最在意的事

筆者在 IT 產業界工作近二十五年期間，參與過無數次面試會議。每當老闆向應徵者（尤其是社會新鮮人）問及「你為什麼想來我們公司上班？」時，聽過太多偏向「以個人角度出發，只考慮自己」的答案。例如，「因為我剛退伍，父親叫我趕快去找份工作⋯⋯」、「因為我對行銷很有興趣，剛好貴公司正在找人⋯⋯」，或「因為我要付房租，還有小孩要養，所以想找個薪水較高的工作⋯⋯」等這類答案。筆者雖然不會讀心術，但是從老闆的表情看來，不難猜出老闆當下心裡可能會嘀咕：「你剛退伍，所以我就有義務要收留你嗎？」、「你對行銷有興趣，所以我就有責任開公司讓你嘗試嗎？」或想大聲說「你需要高薪才想來上班，本公司又不是開慈善機構的！」的確，很多時候雇主就是這樣想的。將場景換成研究所申請面試亦如是，當申請者被問及「你為什麼想申請本校研究所？」若回應也只是圍著自己打轉，淨說些「因為畢業後一直找不到工作，所以想說先唸個研究所⋯⋯」，或「因為學校離我家比較近，所以先申請看看⋯⋯」等這樣的答案，也會被主導面試的教授認為此人不甚瞭解讀研究所的意義——做研究和寫論文。

以上聽起來既現實又殘酷，但是套句美國前總統川普 (Donald Trump) 的名言："It's nothing personal. It's all about business."。商業界本就如此，我們要知道，老闆辛辛苦苦地經營一家公司，目的就是要「賺錢」並「永續經營」，所以才會需要招聘「能幫公司賺錢」和「能規劃長遠策略」的優秀人才進公司來協助他。學校研究所招考研究生也不例外，總是希望可招收到對學術領域有概念，甚至未來可能做出特殊研究或發現新理論的學生，以期為學校在學術地位上加分。

因此，各位申請者 / 應徵者在準備面試應答之前，一定要先有一個正確的觀念，那就是**「不要從個人角度出發」來回答問題，而必須「將自己放在教授（或雇主）的位置，設身處地為學校（或公司）著想」**。請比較下列兩組例子：

研究所申請例 （以個人角度出發）

**申請學生 A** 我想到貴校就讀，因為我對行銷課程有興趣……

**學 校 教 授** 其他同學也對我們的行銷課程很有興趣呀，我們為何該選你而非其他同學……

研究所申請例 （設身為學校著想）

**申請學生 B** 我在此之前已在科學園區有兩年工作經驗，相信在課堂討論上可貢獻一些不同想法供老師和同學思考……

**學 校 教 授** 哇！那太好了，我們的課程的確應該要跟業界接軌……

---

求職例 （以個人角度出發）

**應徵者 A** 我想到貴公司上班，因為聽說公司的薪水和福利很好……

**老　　闆** 我們公司可不是開慈善事業的……

求職例 （設身為求職公司著想）

**應徵者 B** 我所學的課程和經驗都與貴公司的產品和銷售模式相關，我有信心可幫貴公司提升業績……

**老　　闆** 喔？你有什麼可以協助銷售的好方法？說來聽聽……

看出差異了嗎？**研究所申請／求職面試要成功，不能只想到自己的需求**。記得，面試時有錄取決定權的教授／花錢請人的雇主才是主角。**申請者／應徵者應將教授／雇主的需求看得比自己個人的需求更重要，才會贏得對方的賞識，進而從眾多競爭對手中脫穎而出**。那麼，學校教授／企業雇主的需求可能會是什麼？在面試中教授／雇主所在意的事又有哪些？

以下十件事便是教授／雇主最在意的事，且會據以判斷申請者／應徵者是否為最佳人選的關鍵：

① **Can this student perform well on group projects?**

此學生是否能參與小組專題？

**Can this person work well with others?**

此人是否能與他人共事？

② **Does this student have leadership qualities?**

此學生是否有領導特質／潛力？

**Is the person a leader or a follower?**

此人是領導人才還是部屬人才？

③ **How does the student collaborate with other learners?**

此學生在進行協作活動時如何與其他同學互動？

**How does the person get along with colleagues?**

此人如何與同事相處？

④ **Is the student a team player in the classroom?**

此學生可否在課堂上與其他同學合作？

**Is the person a team player?**

此人可否與團隊成員合作無間？

⑤ **How would this student contribute to class discussions?**

此學生如何在課堂討論上貢獻意見？

**How would this person contribute to the company?**

此人如何為公司帶來貢獻？

⑥ **Is this student eager to learn and highly motivated?**

此學生是否有學習熱情並會主動求知？

**Does this person have the motivation to work hard and do well?**

此人是否具備全力以赴並妥善完成交辦任務的積極性？

⑦ **Does this student have a clear research direction/goal?**

此學生是否有明確的研究方向／目標？

**Given this person's abilities, are his or her goals realistic?**

考量此人的能力，其目標是否會不切實際？

⑧ **Does this student have adequate academic writing and presentation skills?**
此學生是否具備充分的學術寫作與簡報的技能？
**Is this person trainable in the tasks and ways of our company?**
針對工作內容和公司目標，此人是否有可塑性？

⑨ **Is the student able to think critically and solve problems effectively?**
此學生是否具備批判性思考與解決問題的能力？
**Is this person truly qualified for the position?**
此人真的能勝任此職務嗎？

⑩ **Why does this student want to apply for our program?**
此學生為何想申請本校學程？
**Why does this person want to work for our company?**
此人為何想在本公司工作？

請牢記上述要點，在面試中回答問題時，就比較不會一直往「個人需求」的方向去，進而提出對申請學校／求職公司有利且有意義的內容。

## 線上面試應答訣竅

當申請者／應徵者將履歷寄出後便會開始期待收到面試邀約，然而真的如願接到通知了，心中除了雀躍之外似乎更多了些焦慮與擔憂——不知會被問到什麼問題？如何應對才合宜？假如用英文講不出答案該怎麼辦？——有鑑於此，聚焦於日益普及的線上面試，筆者整理了以下幾項線上面試策略（當然有些要點也適用於實體面試），讓申請者／應徵者在面對面或虛擬環境中都能充滿自信地將自己的實力發揮到最好的狀態。

☑ 線上面試與實體面試最大不同點為何？

英語面試往往令人聞之生畏（尤其所面對的是等級或職位比自己高的人），要在短時間內針對問題使用英文回應，還要言之有物證明自己的能力，讓面試官對我們產生良好的第一印象，這絕非易事。若將面試場景搬到線上的話，那麼出現問題的可能性恐怕會更高些。這是因為在線上面試我們還要處理潛在的連線品質或聲音清楚等相關技術問題，加之可能無法看到對方表情或肢體語言，要完全理解彼此（是的，也包括讓對方瞭解我們）可謂難上加難。接下來就是幫助突破線上視訊難關的十個必讀訣竅，請務必牢記。

1. 線上面試之前應先測試所有會使用到的軟硬體功能

面對各式各樣軟硬體，對電腦技術不甚在行的人可能會感到不知所措。因此若要在線上面試，最好選擇自己熟悉的線上對談工具，比如：Zoom、Webex 或 Google Meet 等。萬一對方已選定某種線上對談工具，但不巧你對該工具相當陌生，則務必事先將所需工具（功能與界面等）實際操作到熟練為止，尤其要清楚各按鍵的作用（比方說：開關麥克風要按哪裡、調聲量要按哪裡、分享螢幕畫面要按哪裡……等。）除此之外，也要事先測試網路連線品質以及影像和聲音等功能，讓一切準備就緒。收到線上面試通知後可事先與對方確認以下幾點，以確保萬無一失：

- 所使用的線上對談工具爲何？登入連結爲何？是否應使用指定帳號？
- 是否須提早十分鐘登入面試會議室先做測試？對方有無指定開啓視訊會議室的時間？
- 若無法登入或登入時遇到技術問題，該如何處理或應撥打哪支電話與誰聯絡？

### 2. 選擇照明設備完善的地點進行線上面試

進行線上面試的地點應光線明亮，可能的話可選在靠近窗戶有自然光的地方，並讓臉朝著光線讓對方可看清楚你的臉。建議在線上面試之前先找好位置（若家中可能有噪音或網路連線品質不良，可能要考慮在外租個計時的會議場地），最好也要確定桌子穩定而不會因不穩而搖晃。另外，視訊鏡頭的高度要適當（必要的話可拿物品加以墊高），讓對方看到完美的構圖。筆者曾看過很多視訊會議的出席者雖說是開著鏡頭，但鏡頭照到的卻只有額頭以上的部位，如此必然顯得不甚專業。因此，務必將鏡頭調整到足以將全臉納入螢幕中的角度。

### 3. 不應使用可愛或夢幻的虛擬背景

有些人可能會想拉近與他人的距離，便在視訊會議平台上選了個卡通可愛的或雪景夢幻類的背景，但請千萬不要這麼做！針對線上面試的性質，過度設定背景只會讓對方分心且認為你不專業。事實上，空白牆面就是理想的背景，好處是對方會完全將注意力集中到你身上；若要講究一點，或可選擇書櫃當背景。不論選擇何種背景，最重要的還是要有充足的光線加以輔助，才能呈現最佳的視覺效果。

### 4. 將產生干擾的可能因子都暫時移開

在線上面試的環境周邊，都不應放置任何可能干擾談話的物品，包括：電話、手機、電腦上的 email、Line 訊息的通知聲響等。在線上面試過程中被訊息打斷（例如突然跳出 Line 訊息）會被視為不禮貌且不專業，因此在準備線上面試前，務必將可能發出干擾聲音的物品都暫時移開。另外，要確定在作為線上面試場地的房間內不會有其他人或寵物出現，比方說，在背景會看到貓狗走過或爸媽進入，亦或者聽到房間裡孩子的哭鬧聲等。若無法確保在家不會受到家人打擾，那麼最好還是在外租個計時的會議室進行線上面試較為保險。

5. 線上面試前應提早登入並測試設備與程式

在約好的時間準時上線固然是好事，但實際上提早十分鐘左右上線測試虛擬環境會是更加保險的作法。比方說，測試一下連線品質是否穩定、音量是否適當、是否有回音，亦或是要分享螢幕畫面的方式等。另外，也應避免在鏡頭前做出奇怪的小動作或喃喃自語。須留意，若自登入面試會議室的那一刻起，鏡頭與麥克風都是打開的，你的一舉一動或發出的一聲一響都會毫無保留地傳到對方的設備！因此，在鏡頭前最好都保持柔和的微笑和專業的態度，至此幾乎可說是已奠下面試成功的基礎了。

6. 在螢幕前坐直身子並做專業的穿著與打扮

進行線上面試時即便不是親自與面試官會面，也應確保穿著專業並坐姿挺直。不可諱言，給人留下第一印象很重要卻頗難建立，應試者現身於鏡頭上的外表與姿態極有可能讓面試官馬上接受或拒絕。因此，參與線上面試也應穿著適當的正式感套裝，並且在鏡頭前保持微笑和挺直背脊。如此不僅會讓你看起來更專業有勁，同時良好的姿勢會讓你感覺更加自信。

7. 充分準備可能的問題與答案並語調得宜

在進行線上面試之前，應準備好可能或常見的問題與符合本身狀況的答案，並盡可能加以演練到可用英文流暢表達為止。在準備應答點子之前瞭解自己的能力是非常重要的。請先深入思考你的個人優勢和特質，並列出清單來整理並組織所有想法。若感到緊張就放慢語速，並融入自然英語應具備之節奏、語調及停頓等技巧。對方在發言時切忌也同時出聲蓋過對方的談話。線上面試總是隔著螢幕，不比實體面對面說話來得清楚，因此有必要時說話可能需要比平時稍微大聲些。

### 8. 在虛擬環境中與人交流更應善用肢體語言

很多人認為線上面試不比實際面對面來得緊張，精神上稍加鬆懈無妨，但實際上可能恰恰相反。正因為面試雙方皆處於虛擬環境，聆聽對談等互動極有可能受到諸多因素的干擾，因此在線上進行面試時反而應比平時更加專注，以預防並掌控所有可能突發之狀況。以下提供幾個小技巧。

首先，一定要仔細聆聽問題或可能的話透過筆記將關鍵記下來，並在腦中思慮答題的架構或點子。未必要立即回答所有問題，相反地，在回答問題之前給自己一兩秒的喘息時間 (pause)。此短暫的停頓有助於整理思緒，並緩解緊張感。仔細聆聽、適當停頓，並從容不迫地回答就是成功的第一步！另外，在對答當中也應適度加入肢體動作，如此做的好處是可提升自信感並使回答更鏗鏘有力。

### 9. 事先準備好可提出討論的問題

線上面試之前，務必對目標學校／科系或公司／職位做透徹的研究，並列出與課程、研究或產品、產業直接相關的問題來討論，這樣做會讓面試官感覺並瞭解到你對此面試很看重並有辦法做深入對話。當然，你也可以提出與薪資或福利相關的問題，但這類問題並無法讓面試官知道你對此面試下過多少工夫，進而讓自己加分。多數的面試官在面試尾聲都會詢問應試者是否有疑問，盡可能提出兩三個有意義的問題，以顯示你會是在團隊中積極參與的一員，這會增加你被錄取的機會。

### 10. 事後追蹤 follow-up

線上面試過程中盡可能表現出你對研究／工作的熱忱和興趣，盡力行銷自我讓面試官相信你就是最合適的人選。在面試結束之前，可請教對方大約什麼時候可能會收到後續通知。如果對方沒有在確切的日期之前回應，則可再等個一兩天再聯繫。在此情況下，建議寄個簡短的感謝 email，重申你對所申請科系／應徵職位的興趣，以及所願意付出的努力。就一般而言，寄發 email 是與對方聯繫的最佳方式，因為對方可選擇在方便的時間閱讀與處理。盡量避免使用 Line 或其他 messenger 工具，以免產生通知聲響而干擾對方工作，或有「已讀／不讀」或「有回／沒回」的尷尬情況。

最後，請受邀線上面試的讀者盡心準備之餘也不要壓力太大！線上面試通常適用於第一輪申請者／應徵者的面試，以便節省彼此的時間。當然，相談甚歡的話，很可能在下一輪實體面試上，你便有機會親自見到未來的教授或雇主了喔！

## 團體面試勝出策略

團體面試顧名思義就是指一名面試官（或一組面試官）同時對多名應試者進行面試問答。面試官通常會在會議室內進行此類型的面試（在線上可能較不方便進行）。學校或雇主可能想透過團體面試在短時間內招募到多位人員。更重要的是，面試官透過團體面試可更真實地瞭解到應試者在團體中的表現，因為應答時的言行舉止可反映出其自身與他人合作時的樣貌。

另一種類似團體面試的方式為 Panel Interview（小組面試），也就是由一組面試官與一名應試者進行面試，此類面試的目的主要在於透過幾個不同的教授／經理人的角度，深入瞭解應試者的技能與競爭力。

若受邀參加團體面試，可將之視為展現專業能力與溝通技巧的絕佳機會。因為，你會在面試官面前與其他應試者（競爭對手）討論、分享專業知識並聽取他人意見互相切磋。

針對團體面試，請銘記以下四個必讀策略：

### 1. 做好萬全的準備

雖說你可能無法事先得知團體面試中會被問到哪些問題，但準備好關於自己過往的專業經驗、特殊技能和教育背景的說辭，的確對穩定自信心有極大幫助。當然，你可以參考本書所收錄的常見面試問題與擬答，準備好一套適用於自身情況的說法。比方說不論是單獨或團體面試都有可能被問及的：「請描述一個你曾克服的困難挑戰」或「請分享你曾實現的一個崇高目標」等，諸如此類必問的面試題，你都應該在面試之前就盡可能準備好答案，以便在眾人面前可以英文侃侃而談。

2. 對自己充滿自信

自信的意見表達除了透過文字呈現之外，更多時候是透過聲音、眼神、肢體動作表現出來的。這些語言（文法、遣詞用字等）和非語言（語調高低、音量大小等）的交流皆可讓面試官與其他團體應試者看出你的能力和準備充分與否。不像單獨面試時是與一人對答，團體面試時的談話要讓在座所有人都聽得清楚，因此說話時記得要放大音量，放慢語速、不急不徐地應答。輪到其他應試者答話時，也不要就放鬆身子癱在椅子上，而是要持續挺直背骨專心聆聽，對他人的意見展現出興趣，也代表著你跟其他人都講相同的語言，隨時準備好可加入討論。

3. 對他人表現尊重

團體面試之前若有一小段空檔時間，可試著與面試官或其他應試者寒暄 (small talk)，而非板著臉將其他應試者都視為競爭的敵人一般。在團體面試正式開始後，全程皆應尊重在場每個人。輪到自己發言時應切中要點、言簡意賅，回答到問題後即應適時停止，以便保留時間供其他應試者發表意見；輪到其他應試者發言時，切忌打斷插嘴或想糾正他人言論等主導發言之行為。

4. 更突顯英文語調

在團體面試中使用英文發表意見與討論，更應將英文的語調元素突顯出來放大呈現，以便讓在場諸位都聽得清楚。讀者可將下列三個自然英語元素融入自己的應答中：

**I. Chunking (Pause)**

以英語表達意見時，不要將句子按逐字的方式說出來，而應將句子分成好幾組字群 (chunks)，然後將句子依一組一組的方式呈現。要將句子分組呈現，就必須先分辨句子中的哪些字詞應歸於一組。表達時在各字組中間要加以停頓，若在不正確的位置停頓，可能導致聽者會錯意。例如這個句子：

Please meet a guy called John Smith at the Airport. He is arriving on Friday at about 6 in the evening. Please take him to the train station.

將此句分成幾個字組 (chunks) 來呈現：

Please meet a guy / called John Smith / at the Airport. / He is arriving on Friday / at about 6 / in the evening. / Please take him / to the train station.

## II. Adding Stress

在知道要將句子內文字分組之後，接下來就是要在重要的字詞上加強重音語調，讓聽者明確地聽到你要強調的重點字詞。例如上述例句，練習唸時可強調一些重點字：Please **meet** a guy called **John Smith** at the **Airport**. He is **arriving** on **Friday** at about **6** in the **evening**. Please **take** him to the **train station**.

## III. Changing Pace

以英文表達意見，有時會將字詞連在一起很快帶過，但若要強調某些字詞時則會刻意放慢速度呈現，因而形成抑揚頓挫之語調。以 “There are 23,000,000 people living in Taiwan.” 爲例，此句的重點會是 “23,000,000” 這個數字。因此爲了強調此衆多人口的數字，句子就會被唸成 “There are TWENTY-THREE-MILLION people living in Taiwan.”，其中 “twenty-three-million people” 便是要強調之處，會被拉長音放慢速度表達。

## 影音履歷製作技巧

在現今科技發達的年代，可協助人們表現自我的工具增加不少，除了傳統的文字 (texts) 之外，更可透過視覺圖表 (graphics)、音檔 (podcasts)，亦或是影片 (videos) 來多面向行銷自己。本節要介紹的即是新式履歷「影音履歷 (Video CV)」。如果運用得當，影音履歷有助於更明確地展示申請者／應徵者的個性、創造力和熱情。

影音履歷有越來越盛行的趨勢。日前筆者才收到一位同學的委託，協助其修改腳本並錄製美國大學要求之一分半鐘的影片，內容須含括自我介紹、申請研究所的動機與未來研究規劃等。另外在職場人才招募方面，人資通常會被應徵信與履歷淹沒。因此，若可以其他形式做出履歷不失為讓自己嶄露頭角的好方法。

### ☑ 影音履歷概述

影音履歷的目的並不是要取代傳統履歷，反而是要用影片來補足書面文字的限制，讓教授／雇主有機會從其他角度認識申請者／應徵者。影音履歷可上傳至影片分享網站（如 YouTube 等），也可以影片檔透過 email 發送。影音履歷的長度通常在一到三分鐘之間（其實兩分鐘即可將資訊交代清楚了）；不管影片長度多少，更重要的是，影片要能夠成功地吸引到招募人員的注意力，並激起他們想將影片看完的欲望。假如要申請人文商科研究所，或想找的工作與廣告宣傳、創意藝術、業務行銷、媒體公關或新聞時尚等產業相關的話，那麼拍支影音履歷是很加分的選項。

### ☑ 影音履歷的優點

**讓你與眾不同：**

雖說影音履歷在美國已流行一陣子了，但在台灣升學與就業市場上還不是很常見。若你有影音履歷的輔助再搭配上精心規劃過的申請／應徵文件，你雀屏中選的機會自然會增加。

**讓教授／雇主看到你的創造力：**

不想只是套用模板提供傳統的履歷，而想跳脫框架提供一個更活潑的自我介紹——這樣具備創造性的特質正可透過影音履歷讓教授或雇主看見。

**透過影片展現出你真切的個性：**

一個人的個性較難透過書面的描述（履歷或求職信）精準地傳達出來，而錄製影音履歷可藉由影像與聲音展現出個人特色、口條與溝通能力等，較容易使觀看者產生難忘的印象。

**實際展示特殊作品或技能：**

透過影音履歷，你可以實際展示你的作品（如設計圖、模型或實驗結果等），藉以突顯你的技能或經驗，而這些在以文字為主的傳統履歷中是比較無法說明清楚的。

☑ 影音履歷的缺點

**可能自暴其短：**

影音履歷可能讓準備完善的人大放異彩，但若準備不足則很有可能將自己的缺點透過影音都發送出去了。比方說要以英文錄製，但英文發音或語調沒有事先練習，呈現出來是結巴不自然的狀態；亦或是個性偏向在鏡頭前會害羞或顯得笨拙的人，若提出影音履歷反而可能會減分。

**錄製與剪輯將花上不少時間與精神：**

錄製影音履歷前的擬稿、中期的拍攝與拍攝後的剪輯非常耗時，因此有些人會認為，這些時間還不如花在更完善地準備書面資料上。

**冗長的影音履歷可能讓觀看者感到不耐：**

教授或雇主瀏覽一份紙本履歷約花八秒鐘吧，但看影音履歷卻可能花上兩三分鐘的寶貴時間呢！因此若看到錄製品質不甚良好的影音履歷，教授或雇主可能會感到不耐煩，導致直接將你淘汰。

## ☑ 準備拍攝 Video CV

如果在衡量以上優缺點和自身需求之後你決定一試，那麼即可開始進一步思考錄製影音履歷的細節。

**腳本：**

首先，要錄製英文版的影音履歷最好先將腳本 (script) 寫下，將想說的內容以英文逐字寫下來。千萬不要試圖在沒有腳本的情況下做即席英文演說，這可能會導致你東拉西扯之餘還頻頻忘詞。當然，要臨時加入些口語用字讓表達更自然是沒問題，但仍應留意切勿離題。寫好了腳本之後，應不斷練習直到口條順暢之後再錄製。除了腳本之外，你還需要準備錄製的設備，比方說：筆電、相機、手機、腳架、網路、麥克風、燈光、剪輯軟體等。

**拍攝地點：**

開始錄製影音履歷前，應先找一個安靜且光線充足的空間來進行拍攝，背景一定要簡潔。如果你想使用特別的佈景或道具，那麼就要確保所使用的物件要跟你的講述內容有直接相關並且專業。比方說，一位主修哲學的同學所使用的背景可能是擺滿了書的書櫃，但若書櫃上出現了化妝品或招財小物等，專業度就會降低，應將之自背景中移除。

**服裝 & 打扮：**

再者，你的外觀打扮也很重要。就如同面試一般，最好還是穿著較正式的服裝。若想排除過於正式的西裝領帶類服飾，盡可能也要穿著商務休閒裝 (business casual) 較為妥適。若所屬產業是偏向創意類的，在衣著上不想過於拘謹，亦可適當地變化風格，只要避免誇張的裝扮即可。

**眼神 & 聲音：**

錄製影音履歷時最好將眼神與面部正對鏡頭，就像實際與人溝通一般；有些人會將角度調成側面，但如此無法讓觀看者感覺到是在對其說話，還很可能讓人覺得是在唸牆上的大字報呢！因此，建議仍以正對鏡頭講話為佳。若有需要在背景中加入音樂或其他音效，也應注意音量不要過大或甚至蓋過講話聲音。

**應包含之內容：**

你所錄製的影音履歷正代表「你這個人」的檔案，因此不要試圖將你在YouTube 上看到的其他影音履歷當作自用。你應從設計自己的介紹架構開始著手，包括開場白、主要內容和結尾總結。

首先是以自我介紹作為開場白，解釋你製作影音履歷的原因，以及你為何會是學校／公司的最佳人選。中段則可談論你的獨特之處和任何相關的技能和經驗，也可展示工作成果（作品集或設計模型等）。在結尾之處可重申你自認為最佳人選的原因，然後感謝觀看並附上聯絡方式。若有作品網站也可列出當參考。

試錄好一個版本之後，你可能會想傳給他人看一下並收集意見回饋當作修正的依據。若在最終定稿版本之後要錄正式版，同樣地也需要經過練習、調整、排練等步驟。總之，必須保留充足的時間以便重新錄製和編輯，直到你對完成作品感到滿意為止。

### ☑ 連結社群創造自我行銷力

影音履歷錄好了，可上傳至 YouTube 上以便今後將連結傳給學校／公司，或上傳到自己的社群媒體上（如 LinkedIn 等），以上皆完成之後，即可開始宣傳，活用網路無遠弗屆的便利性，大幅提升自己的能見度。

## 面試前與當天的贏戰叮嚀

已故的蘋果公司 (Apple) 創辦人及執行長賈伯斯 (Steve Jobs) 曾說：“You've got to find what you love.”（你必須找到你所愛的。）此言不假，**求職者一定要對某個領域有特別的熱情，才有辦法在該領域展現才能**。**切記，一定要想清楚自己的興趣為何、有什麼不可取代的能力，和自己要的是什麼**，如此一來，面試時才能讓雇主感受到你的雄心與積極性，進而爭取到為公司服務的機會。就學生而言，則可事先探索自己想繼續深造的研究範疇，並認知到**研究生須具備積極主動**、**批判性思考**、**問題解釋**、**團隊合作**、**學術寫作和簡報等進階技能**，如此更能受到教授的青睞。

最後，下方列出準備面試時須額外注意的確認清單，供讀者參考。

### ☑ 面試前 3–4 天的準備

- ☐ **預先練習**：找親朋好友當聽眾或自己對著鏡子，將所準備的答案演練數次，直到熟悉為止。
- ☐ **職缺資訊**：將求職公司與工作職缺（或學校科系與研究領域）的相關資訊記錄下來或列印出來，以便面試當天隨時參考。
- ☐ **睡眠充足**：面試前一晚不可熬夜，一定要有充分的睡眠，以確保面試當日頭腦清楚。
- ☐ **交通動線**：事先查好面試公司（或學校大樓）的位置、如何前往，以及須預留的交通時間等資訊。

### ☑ 面試當天的準備

- ☐ **文件齊備**：確定履歷、求職信、推薦信、畢業證書、成績單、證照等文件皆帶齊。
- ☐ **裝扮得宜**：服裝以套裝為主，髮妝以自然舒適為宜。配件（包包、記事本等）選用質感較佳的單品，可低調流露出個人品味。
- ☐ **自信滿滿**：請以自然的笑容與從容不迫的態度，搭配自信心與積極進取的精神應試。

## 面試時該做與不該做的事

| | |
|---|---|
| **Dos**<br>面試時<br>應做的事 | 1. 事前準備：面試前先將公司、產品、職缺工作內容（或學校科系與研究領域）都研究清楚。（這些資訊可自求職公司或學校官網上取得。）另外，將交通路線、時間、所需文件、證書、服裝配件等備妥。穿著正式套裝為佳，並提早五至十分鐘到達。 |
| | 2. 第一印象：從踏進面試地點與接待人員談話開始，就要保持笑容、注意禮貌，聲音語調須和緩從容。 |
| | 3. 保持自信：態度自若，和面試官初次會面握手時應穩定有力。眼神保持篤定，說話時適當地和對方保持眼神的接觸。 |
| | 4. 展現熱忱：言談之間自然流露出對該公司或工作（學校或科系）的高度興趣，表達願意與團隊合作以達成目標的意願。 |
| | 5. 強調優點：面試是自我行銷的一個過程，既然要行銷自己，就必須盡力突顯個人與他人不同的傑出之處。 |
| | 6. 據實回答：雖然突顯個人特質是必要的，但是不可過於誇大。切忌扭曲或編造。 |
| | 7. 積極正面：面試過程中可能會討論到個人弱點，要保持積極正面的態度，展現決心並提出具體修正方案。 |
| | 8. 聰明提問：面試最後若有提問的機會，盡可能提出與工作（或研究領域及方向）相關且有意義的問題。面試官也會藉此審查申請者／應徵者的臨場反應。 |

| | |
|---|---|
| **Don'ts**<br>面試應<br>避免的事 | 1. 消極負面：切忌凡事都往壞處想，不論什麼問題都先預設立場，認為一切都困難重重、無法辦到。 |
| | 2. 飲食咀嚼：面試時吃東西、喝飲料、嚼口香糖等是絕對禁止的。若是用餐形式的面試，口中有食物時則應避免說話。 |
| | 3. 簡答含糊：回答問題時僅以 "Yes"、"No" 或 "Maybe" 等字詞帶過，卻不給明確的答案，無形中會顯示出申請者 / 應徵者的語言表達能力有問題。 |
| | 4. 誇大其詞：不論回答什麼問題都加油添醋，將之前做過的成績加以誇大、虛報。小心在業界待久了的雇主（和學術界的資深教授）可是能輕易聽出其中破綻的。 |
| | 5. 語氣微弱：說話時氣若游絲、聲音微小，讓面試官聽得極為吃力。這顯示出申請者 / 應徵者自信不足。 |
| | 6. 聲響干擾：手機、電子錶等電子設備未關機，導致面試中鈴聲大作而導致干擾談話。這顯示出申請者 / 應徵者對自我要求不高，不夠自律。 |
| | 7. 口無遮攔：言談中提及私事（如家庭紛爭、感情狀況等），都是不必要的。也不要自作聰明想講笑話以展示幽默感。 |
| | 8. 文不對題：問 A 答 B。這顯示出申請者 / 應徵者抓不到問題重點，恐怕將來在工作或學業上也無法勝任。 |

NOTES

# Section 2

# 這樣答讓面試官想錄取你：100個必備題 & 情境題

- Part 1 開場寒暄萬用語——關鍵 90 秒
- Part 2 關於應試者本身的問題：背景 / 特質
- Part 3 關於過去求學與工作的問題：表現 / 經驗
- Part 4 關於未來求學與工作的問題：發展 / 期望
- Part 5 情境假設與機智問題
- Part 6 應試者適合提出的問題與結束感謝用語

# Part 1

## 開場寒暄萬用語——關鍵 90 秒

The Most Important 90 Seconds

經過一連串的書面資料準備、收集學校科系（或求職公司）相關資訊和事前反覆演練後，終於來到面試當天。第一印象除了取決於「表象因素」（如外貌、穿著、髮妝等）外，更重要的就是透過初步的「個人談吐」和「溝通能力」來評定了。面試官藉由簡單的寒暄對話，即可判斷出應試者對狀況的掌控能力。請先參考以下的錯誤示範：

**Interviewer: How are you doing today, Ms. Lee?**
（面試官：李小姐，妳今天好嗎？）

**Ms. Lee: My dog is sick, so I'm doing about as well as I can.**
（李小姐：我的狗生病了，不過我會盡力而為。）

由上例可看出，應試者似乎搞不清楚狀況。面試官所問的 "How are you doing?" 只是一般的問候語，並非真的要聽她講一些瑣事。那麼，要怎樣回答才能讓面試官認為是對狀況掌控能力佳的人，並因而留下良好的第一印象？接著我們來看看面試官可能提出的寒暄語和應試者可參考的回答：

 MP3 **000**

| 面試官可能會說的寒暄用語 | 應試者可參考的禮貌回應 |
|---|---|
| **How are you doing today, Ms. Lee?**<br>李小姐，妳今天好嗎？ | **I'm doing great. Thank you. And yourself?**<br>我很好，謝謝。您呢？ |
| **Please take a seat.**<br>請坐。 | **Thank you.**<br>謝謝。 |
| **Thank you for coming all the way from Taoyuan.**<br>謝謝妳專程從桃園來。 | **No problem at all. It's my pleasure. I'm really looking forward to our discussion today.**<br>沒問題的，這是我的榮幸。我很期待我們今天的討論。 |

| | |
|---|---|
| **Did you have any difficulty finding our office?**<br>我們辦公室好找嗎？有沒遇到什麼困難？ | **Not at all, thank you for asking. Your directions were really helpful.**<br>完全沒有，謝謝關心。您提供的指引幫助很大。 |
| **Would you like something to drink?**<br>妳想喝點什麼嗎？ | **Thank you. If it's not any trouble, can I just have a cup of tea please?**<br>謝謝，不麻煩的話，我可以要杯茶嗎？ |

一般而言，在不喧賓奪主的情況下應以回答面試官的問題為主，但假如你真的想主動說些寒暄的話來增加與面試官的互動，則可參考下列幾個適合談論的主題：

MP3 **000**

| 適合主題 | 應試者可主動提出的互動用語 | 可預期的面試官回答 |
|---|---|---|
| 天氣狀況 | **Today's weather is really nice, isn't it?**<br>今天天氣真不錯，不是嗎？ | **Yeah, it really is.**<br>是呀，真的。 |
| 四周環境 | **The campus is really beautiful.**<br>這校園真的很漂亮。<br>**You have a very nice office.**<br>您們的辦公室很不錯。 | **Oh, I'm glad you think so.**<br>噢，我很高興你這麼認為。 |
| 交通狀況 | **The traffic is really terrible out there. It's a good thing that I took the MRT.**<br>外面交通狀況很糟，幸好我搭捷運來。 | **You are here on time.**<br>你準時到了。 |

再次說明，整場面試是以學校教授（或公司人資主管）為主導者，應試者雖可主動提出些輕鬆的話題來增進互動，但仍應避免沒完沒了地聊下去。記得要將主導權交給面試官，並以回答他們希望得到的資訊為主，自己提出的寒暄性對話應點到為止，以利後續面試的進行。

# Part 2

## 關於應試者本身的問題：背景／特質

Questions about the Applicant:
Background / Personal Characteristics

## Q1

# How would you describe yourself? / your personality traits? What makes you special / stand out / different from other applicants?

你會如何形容自己／你的個人特質？你的與眾不同之處為何？

### 研 有力簡答

**Compared** with my classmates, I'm a **communicative** person. Even though I can work **independently**, I still **enjoy** working as part of a team on school projects.

跟我的同學相比，我算是比較善於交際的人。儘管我可以獨立作業，但我仍然喜歡與團隊一起完成學校專題。

### 研 深入詳答

I would say that I'm a creative and **innovative** person. When working on school projects with other students, I'm always the one to notice broader patterns and come up with creative ideas. I believe creativity and innovation are qualities a graduate student needs to succeed in school and in the **workplace**.

我會說我是一個有創意和創新精神的人。在與其他學生一起做學校專題時，我總是會注意到廣泛的大方向並提出創意點子。我相信創造力和創新是研究生在學校和職場取得成功所須具備的特質。

### 職 深入詳答

My excellent communication skills have made me a good sales **representative**. When dealing with customer problems, I pay **attention** to the details, analyze customers' needs, and **propose** effective solutions. Previous customers have said that I am a **reliable** and **results-oriented** person.

我出色的溝通技巧讓我可成為一名優秀的業務代表。在處理客戶問題時，我注重細節，分析客戶的需求，並提出有效的解決方案。我以前的客戶也曾說我是一個可靠且注重結果的人。

**Tips 面試一點通！**

你認爲你自己是個怎麼樣的人呢？此題的答案也只有自己最清楚了。建議可先以形容詞開頭，並舉出一些實例讓回答更加明確。

## 實用句型

**Compared with [someone], I ...**

跟〔某人〕比起來，我……

例 Compared with my colleagues, I don't work overtime that often.
跟我的同事相較，我還不算很常加班的了。

## 好用字彙

**compare** [kəm`pɛr] (*v.*) 比較
**communicative** [kə`mjunə͵ketɪv] (*adj.*) 擅長溝通的
**independently** [͵ɪndɪ`pɛndəntlɪ] (*adv.*) 獨立地
**enjoy** [ɪn`dʒɔɪ] (*v.*) 享受；喜愛
**innovative** [`ɪno͵vetɪv] (*adj.*) 創新的
**workplace** [`wɝk͵ples] (*n.*) 工作場所
**representative** [rɛprɪ`zɛntətɪv] (*n.*) 代表
**attention** [ə`tɛnʃən] (*n.*) 注意力
**propose** [prə`poz] (*v.*) 提案；提出
**reliable** [rɪ`laɪəbḷ] (*adj.*) 可靠的
**results-oriented** [rɪ`zʌlts`ɔrɪɛntɪd] (*adj.*) 結果導向的

MP3 002

## How would your friends/professors/colleagues/managers describe you?

你的朋友／教授／同事／主管會如何形容你？

### 研 有力簡答

My friends describe me as a **positive**, **creative**, and reliable person.

我的朋友都說我是一個積極、有創造力和可靠的人。

### 研 深入詳答

My **professors** say that I'm a **diligent**, responsible, and **confident** student. I always **manage** my time well, work hard to complete **assignments**, and keep doing my best in my studies.

我的教授都說我是一個勤奮、負責任和有自信的學生。我總是會妥善地安排自己的時間，努力完成作業，並在學習上保持最好的狀態。

### 職 深入詳答

My **colleagues** describe me as a **dependable** and creative person with a positive **attitude** toward new **challenges**. As a project manager, I need to make good decisions and meet **deadlines**. I **encourage** my team members to be open to new ideas and not to get caught up in preconceived **assumptions**.

我的同事形容我是一個可靠且富有創造力、對新挑戰抱持積極態度的人。身為專案經理，我要做出正確的決定並按時完成任務。我鼓勵我的團隊成員對新觀念持開放的態度，不要陷入先入為主的框架中。

## Tips 面試一點通！

這是展現自己優點的絕佳機會，可事先準備好一些積極正面的人格特質形容詞，如 creative、reliable、diligent、effective 等，以便回答時可立即派上用場。

### 實用句型

**My ... describe(s) me as a/an ... and ... person.**

我的……都說我是……的人。

例 My friends describe me as a considerate and easygoing person.

我朋友都說我是個體貼、好相處的人。

### 好用字彙

**positive** [ˋpɑzətɪv] (*adj.*) 正面的
**creative** [krɪˋetɪv] (*adj.*) 有創意的
**professor** [prəˋfɛsɚ] (*n.*) 教授
**diligent** [ˋdɪlədʒənt] (*adj.*) 勤奮的
**confident** [ˋkɑnfədənt] (*adj.*) 有自信的
**manage** [ˋmænɪdʒ] (*v.*) 管理；經營
**assignment** [əˋsaɪnmənt] (*n.*) 作業；任務
**colleague** [ˋkɑlig] (*n.*) 同事
**dependable** [dɪˋpɛndəbḷ] (*adj.*) 可靠的
**attitude** [ˋætətjud] (*n.*) 態度
**challenge** [ˋtʃælɪndʒ] (*n.*) 挑戰
**deadline** [ˋdɛd.laɪn] (*n.*) 期限
**encourage** [ɪnˋkɝɪdʒ] (*v.*) 鼓勵
**assumption** [əˋsʌmpʃən] (*n.*) 假定

My own answer

MP3 003

## What are your strengths and weaknesses?

你的個人強項與弱點為何？

### 研 有力簡答

I have good communication skills and I'm able to speak English **fluently**. As for my weaknesses, I would say that sometimes I pay too much attention to details.

我有不錯的溝通能力，我能說一口流利的英語。至於我的弱點，我會說有時候我太注重細節了。

### 研 深入詳答

I would say that I've got good communication skills, which is the **foundation** of effective teamwork. I've had plenty of opportunities to work on school projects with my classmates. I've learned that it's important to communicate effectively with other people in the group about **expectations**, **task distribution**, and other details. From time to time, there are **disagreements** among team members, but because I communicate well, we can usually **resolve** any issues **smoothly**.

我認為我有很好的溝通技巧，這是有效團隊合作的基礎。我有很多機會與同學一起完成學校專題，因此我瞭解與團隊中其他人有效地溝通期望值、任務分配和其他細節很重要。團隊成員間時不時會出現意見分歧的狀況，但由於我優秀的溝通能力，通常我們都能順暢地解決問題。

### 職 深入詳答

I consider my communication skills and language ability my two strengths. This **combination** enables me to communicate with clients worldwide without any difficulties. As for my weaknesses, I have to **admit** that sometimes I pay too much attention to details. When I'm working on a task, I spend lot of time checking all details in order to make sure everything is **perfect**. However, I do try to strike a good **balance** between **ensuring** my tasks are done **accurately** and completing them efficiently.

我認為溝通技巧和語言能力是我的兩大優勢，這個組合使我能夠毫無困難地與世界各地的客戶溝通。至於我的弱點，我必須承認，有時候我太注重細節了。當我執行任務時，我會花很多時間檢查所有細節，以確保一切都完美無缺。然而，現在我會試著取得一個平衡來確保工作有效率地準確完成。

## Tips 面試一點通！

此題可以說是申請學校與求職面試必問的題目之一了。在討論個人特質與強項方面，你應該是最瞭解自己的人，因此就自然地回答，不必要刻意背誦什麼聽起來了不起的答案。至於弱點方面，建議敘述一些相對不是很嚴重且無傷大雅的事物，比方說：爲了多檢查幾次報告的準確性而導致遲交等。討論自己的缺點其實無妨，重點是若也順便提及之後打算如何修正，反而還有加分效果！

## 實用句型

**I consider ... and ... my two strengths.**

我認為……和……是我的強項。

例 I consider planning and research skills my two strengths.

我認為規劃和研究能力是我的兩大優勢。

## 好用字彙

**fluently** [ˋfluəntlɪ] (*adv.*) 流利地
**foundation** [faʊnˋdeʃən] (*n.*) 基礎
**expectation** [ˌɛkspɛkˋteʃən] (*n.*) 期望值
**task** [tæsk] (*n.*) 任務；工作
**distribution** [ˌdɪstrəˋbjuʃən] (*n.*) 分配
**disagreement** [ˌdɪsəˋgrimənt] (*n.*) 不同意
**resolve** [rɪˋzɑlv] (*v.*) 解決
**smoothly** [smuðlɪ] (*adv.*) 流暢地；順利地
**combination** [ˌkɑmbəˋneʃən] (*n.*) 組合
**admit** [ədˋmɪt] (*v.*) 承認
**perfect** [ˋpɝfɪkt] (*adj.*) 完美的
**balance** [ˋbæləns] (*n./v.*) 平衡 / 使平衡
**ensure** [ɪnˋʃʊr] (*v.*) 確保
**accurately** [ˋækjərɪtlɪ] (*adv.*) 正確地

My own answer

## Q4

MP3 004

# How do you handle stress?

你如何處理壓力？

### 研 有力簡答

In order to **handle stress**, I exercise **regularly**. Practicing yoga and stretching helps me **relieve tension**.

為了紓壓，我經常運動。練習瑜伽和伸展運動有助於緩解緊張情緒。

### 研 深入詳答

Sometimes I get stressed, especially before exams or project **deadlines**. When that happens, I really try to get enough quality sleep. I think sleeping well not only helps me reduce stress, but also **improves** my mood and my **memory**.

有時我壓力很大，尤其是在考試或專題截止日之前。當這樣的情形發生時，我盡量取得充足且優質的睡眠。我認為睡得好不僅可以幫助我減輕壓力，還可以改善我的心情和記憶力。

### 職 深入詳答

Well, I would say that using smartphones and other electronic devices too often really increases my stress levels. So in order to reduce stress, I try not to use computers or tablets after work. Also, whenever I've got **spare** time, I go for a walk outside, read a good book, or exercise. Practicing self-care really helps reduce my **anxiety** and improve my health.

我想太頻繁地使用智慧型手機和其他電子設備確實會增加我的壓力。所以為了減輕壓力，我盡量不在下班後使用電腦或平板。還有，我一有空就會出去走走，看看好書，運動一下。做這些自我保健可以幫助我減少焦慮並改善健康狀況。

## Tips 面試一點通！

學習或職場上壓力在所難免，但有時反而在適度的壓力下唸書或工作起來更有勁。不過，有些人處理壓力的方式不當，可能會將怒氣發在其他夥伴身上，進而對整體產生不良影響。因此以輕鬆有效的方式紓壓是必要的，此題便是要讓面試官瞭解你如何排解壓力。

### 實用句型

**In order to ..., I ...**

為了……，我……

例 In order to sleep better, I light candles and stretch before bed.
為了睡得好一點，我在睡前點蠟燭和做些伸展運動。

### 好用字彙

**handle** [ˋhændl] (*v.*) 操作；處理
**stress** [strɛs] (*n.*) 壓力；緊張
**regularly** [ˋrɛgjələlɪ] (*adv.*) 定期地
**relieve** [rɪˋliv] (*v.*) 緩和
**tension** [ˋtɛnʃən] (*n.*) 緊張感
**deadline** [ˋdɛd.laɪn] (*n.*) 截止日期
**improve** [ɪmˋpruv] (*v.*) 改進；改善
**memory** [ˋmɛmərɪ] (*n.*) 記性；記憶力
**spare** [spɛr] (*adj.*) 空閒的
**anxiety** [æŋˋzaɪətɪ] (*n.*) 焦慮

My own answer

## Q5

## Tell me about an influential person in your life? (a teacher, coach, etc.)

誰是影響你最深的人？（老師、教練……等）

### 研 有力簡答

The person who **influenced** me the most is one of my **previous supervisors**. He gave me a lot of freedom to make important business decisions, and to me, it meant that he believed in my ability.

對我影響最大的人是我以前的一位主管。他給了我很大的自由去做重要的業務決策，對我來說，這意味著他相信我的能力。

### 研 深入詳答

Let's see. I would say that one of my previous supervisors, Mr. Grant, was the person who influenced me the most. He encouraged creativity and allowed all the members of our team to exercise their own **judgment**. His signature phrase was "Tell me something I don't already know." and this really **motivated** me to think out of the box all the time. He also believed in my ability and gave me freedom to make important business decisions. That was several years ago, but I still really **appreciate** his encouragement and guidance.

讓我想看看。我會說是我以前的一位主管，Grant 先生，他就是對我影響最大的人。他很鼓勵創新，並且允許所有團隊同仁運用自己的判斷力行事。他的口頭禪是「告訴我一些我不知道的事情」，這句話著實刺激了我要跳出框架思考。他也相信我的能力，讓我可以自由做重要的業務決策。雖然已過了多年，我仍然很感謝他的鼓勵和指導。

### Tips 面試一點通！

不論提及哪位影響深刻的人物，都應說明他／她所發揮的「正面影響力」，例如處事方法或鼓勵等。

## 實用句型

**The person who influenced me the most is [someone].**

影響我最深的人是〔某人〕。

例 The person who influenced me the most is one of my university professors.

影響我最深的人是一位大學教授。

## 好用字彙

**influence** [ˋɪnflʊəns] (*v./n.*) 影響

**previous** [ˋpriviəs] (*adj.*) 之前的

**supervisor** [ˌsupɚˋvaɪzɚ] (*n.*) 上司；主管

**judgment** [ˋdʒʌdʒmənt] (*n.*) 判斷

**motivate** [ˋmotəˌvet] (*v.*) 激勵

**appreciate** [əˋpriʃɪˌet] (*v.*) 感激；欣賞

My own answer

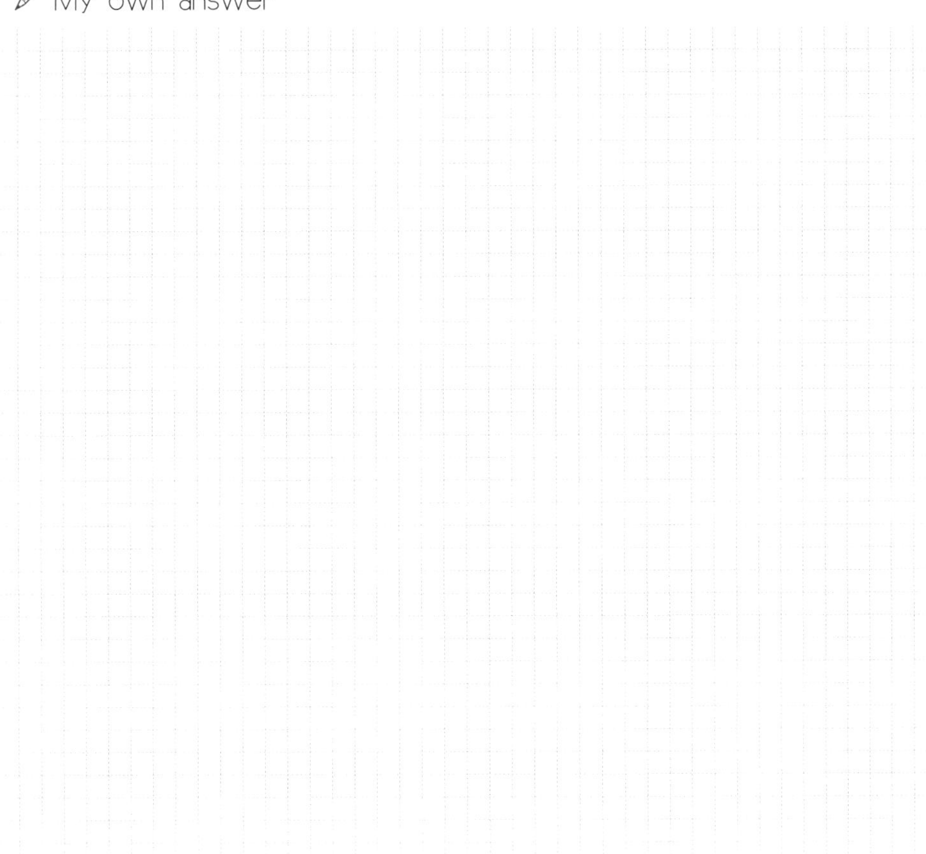

MP3 **006**

## What's your study/work style?

你的學習／工作風格為何？

### 研 有力簡答

I work at a **steady pace** on my school projects, and ensure that all assigned tasks are done accurately.

我在做學校的專案上保持著穩定的進展，並確保準確地完成所有指派的功課。

### 研 深入詳答

I prefer to study at my own pace, and take my time to ensure that all assignments and projects are done accurately. Also, in order to keep improving, I **welcome feedback** from other classmates and professors.

我較喜歡按照自己的節奏學習，花時間確保準確地完成所有作業和專題。另外，為了不斷精進，我歡迎其他同學和教授給我意見反饋。

### 職 深入詳答

I used to work very quickly and **multitask** a lot, but now I tend to work at a steady pace and always welcome feedback from team **members** and supervisors. I feel **comfortable** working in a **flexible environment** and I've learned to find a good balance between work and life.

我以前工作很快，經常同時處理多項任務，但現在我傾向在工作上保持穩定的步調，同時也隨時歡迎同仁和主管的意見反饋。我在有彈性的環境中工作感覺很舒適，而且我學會了在工作和生活之間找到良好的平衡。

## Tips 面試一點通！

此題在任何面試情境都頗爲常見，主要想問出應試者的個人學習或工作風格，以便今後指派適合此人完成的作業或任務。比方說，此學生的讀書風格是喜歡小組討論，那麼今後可能就指派 role play 之類的分組活動。又比如，此員工偏好與人相處並可暢談無礙，那麼此人可能適合業務推廣工作。因此，回答此題的策略還是以貼近個人性格與偏好爲主。

## 實用句型

**I used to ..., but now I ...**

我之前都……，但現在我……

例 I used to work overtime a lot, but now I finish all tasks on time.

我以前經常加班，但現在我按時完成所有任務。

## 好用字彙

**steady** [ˋstɛdɪ] (*adj.*) 穩定的

**pace** [pes] (*n.*) 步速；步伐

**welcome** [ˋwɛlkəm] (*v.*) 歡迎；樂於接受

**feedback** [ˋfid͵bæk] (*n.*) 意見回饋

**multitask** [͵mʌltɪˋtæsk] (*v.*) 多工

**member** [ˋmɛmbɚ] (*n.*) 成員；會員

**comfortable** [ˋkʌmfɚtəbḷ] (*adj.*) 舒服的；輕鬆自在的

**flexible** [ˋflɛksəbḷ] (*adj.*) 有彈性的

**environment** [ɪnˋvaɪrənmənt] (*n.*) 環境

My own answer

MP3 **007**

# How do you prioritize your work/time?

你如何規劃工作／時間的優先順序？

### ㊎ 有力簡答

I'm a morning person, so getting up early is **manageable** for me. I usually get up at around five in the early morning and study for two to three hours.

我是一個晨型人，所以早起對我來說是可接受的。我通常在清晨五點左右起床，然後唸書兩到三個小時。

### ㊎ 深入詳答

I always go to the school library as soon as it opens at seven in the morning. I first **review** lessons from previous classes, and then work on important assignments, such as **reports** and presentations. I'm more productive in the morning because there are fewer **distractions**.

我總是在早上七點學校圖書館一開門就去報到。我先複習之前的課程，然後做重要的作業，例如報告和簡報。我在早上唸書較有效率，因為干擾較少。

### ㊫ 深入詳答

Well, I always come into the office earlier than my coworkers in order to avoid distractions. I decide what tasks or assignments on my to-do-list are the most important and **urgent**, and **allocate** sufficient time to **complete** them. As a sales representative, I spend most of my time **contacting** clients. And before contacting them, I review their **transaction** records and prepare responses to any possible objections in advance, so I can address the customers' needs more **effectively**.

嗯，為了避免干擾，我早上都會比其他同事更早到辦公室。我會決定待辦事項清單上哪些任務是最重要又緊迫的，就要分配足夠的時間來完成那些事。身為業務代表，我大部分時間都要與客戶聯繫。在聯絡他們之前，我會查看他們的交易紀錄並提前準備應對可能出現的異議，這樣我就可以更有效地解決他們的需求。

## Tips 面試一點通！

不論是在學界或業界處事，時間管理 (time management) 一向被視爲個人基本必備的能力。時間管理得當，份內之事做得又快又好之外，還可能多出時間培養其他興趣等；但若拖拉延宕，誤事不說還可能影響到其他同學／同事的進度。因此，面試官自然想瞭解應試者是如何分配時間與所被交辦之任務，謹記回答「重要且緊急的事務優先處理」準沒錯喔！

## 實用句型

**I spend most of my time [doing something].**

我花大部分時間在〔做某事〕。

例 I spend most of my time preparing my presentation slides.

我大部分時間都花在準備簡報投影片。

## 好用字彙

**manageable** [ˋmænɪdʒəbḷ] (*adj.*) 可管理的

**review** [rɪˋvju] (*v.*) 複習；檢視

**report** [rɪˋport] (*n.*) 報告；報導

**distraction** [dɪˋstrækʃən] (*n.*) 分心之事

**urgent** [ˋɝdʒənt] (*adj.*) 急迫的

**allocate** [ˋæləˏket] (*v.*) 分配

**complete** [kəmˋplit] (*v./adj.*) 完成／完整的

**contact** [kənˋtækt] (*v.*) 聯繫

**transaction** [trænˋzækʃən] (*n.*) 交易

**effectively** [ɪˋfɛktɪvlɪ] (*adv.*) 有效地

My own answer

MP3 008

## Do you prefer to study/work independently or with a group?

你偏好獨立作業，還是跟團隊共事？

### 研 有力簡答

I prefer to work individually actually, because it's easier for me to focus **entirely** on my studying when I'm not **distracted** by other students.

我其實比較喜歡單獨作業，因為當我沒有受到其他同學影響而分心時，我較容易完全專注在學習上。

### 研 深入詳答

Actually, I like a mix of both. I enjoy working with people to discuss school projects and **brainstorm** ideas together, and sometimes I prefer to work independently to get assignments done more **efficiently**.

事實上，我喜歡獨立作業也喜歡跟人合作。我喜歡和一群人共同討論學校專題，一起集思廣益，有時候我也喜歡獨立作業以更有效率地完成功課。

### 職 深入詳答

Well, based on my **experience**, I like a mix of both. I like working with team members to brainstorm new ideas and solve problems. On our team, everyone is expected to **contribute** as part of the decision-making **process**, and we really benefit from **incorporating** more **perspectives**, **especially** during the early stages of a project. But sometimes I need to work independently on tasks, like when I'm preparing presentation slides or writing reports. When I work alone, I can bring my own **unique vision** to the tasks.

嗯，根據我的經驗，我兩種方式都喜歡。我喜歡與團隊同仁一起集思廣益、解決問題。在我們的團隊中，每位成員都需要在決策過程中做出貢獻，而我們也確實因此在納入更多觀點方面獲益良多，尤其是在一個案子的初期階段。但有時候我需要獨立完成任務，比方說準備自己的簡報投影片或撰寫報告。當我獨立工作時，我可隨心所欲將自己的獨特見解融入其中。

## Tips 面試一點通！

針對此題，一般來說大家可能會認為回答「團隊合作」才是標準答案，但其實不然。適合單獨作業或團體合作，視個人特質與任務性質而定，教授或上司也不會總是指派需要團隊合作的專題或任務。因此，就誠實地依個人偏好與能力來回答即可。但別忘了，不論何種工作模式，皆須以完成目標為主軸。

## 實用句型

**Based on my experience, ...**

根據我的經驗，……

例 Based on my experience, working with a team can be challenging but enjoyable.

根據我的經驗，與團隊合作可能具有挑戰性但也可很愉快。

## 好用字彙

**entirely** [ɪn`taɪrlɪ] (*adv.*) 全面地；全然地

**distracted** [dɪ`stræktɪd] (*adj.*) 分心的

**brainstorm** [`bren.stɔrm] (*v.*) 腦力激盪

**efficiently** [ɪ`fɪʃəntlɪ] (*adv.*) 有效率地

**experience** [ɪk`spɪrɪəns] (*n./v.*) 經驗／經歷

**contribute** [kən`trɪbjut] (*v.*) 貢獻

**process** [`prɑsɛs] (*n.*) 過程

**incorporate** [ɪn`kɔrpə.ret] (*v.*) 併入

**perspective** [pə`spɛktɪv] (*n.*) 觀點；看法

**especially** [ə`spɛʃəlɪ] (*adv.*) 特別；尤其

**unique** [ju`nik] (*adj.*) 獨特的

**vision** [`vɪʒən] (*n.*) 看法；願景

My own answer

MP3 009

# What makes a good teacher/student/colleague/manager/etc.?

你認為一個好老師／學生／同事／老闆要有什麼特質？

## ㊊ 有力簡答

I think the thing that's most **characteristic** of a good student is the ability to set a follow through with short-term and long-term goals. I myself am a goal-driven student and having goals really helps me see what's ahead and **stimulates** me to achieve them.

我認為好學生的最大特質是能設定短期和長期目標。我自己是一個以目標為導向的學生，有目標能幫助我看到未來，並激勵我去實現。

## ㊊ 深入詳答

Good professors certainly have different **qualities**. For me, I think a professor who is **passionate** about the subjects he or she is teaching and who knows how to communicate with students is ideal. But I think the most important quality of a good professor is to be confident—if they don't know something, he or she should be willing to admit their **ignorance** and just keep improving.

好教授當然各有不同的特色。對我而言，一個理想的教授要對他所教授的學科充滿熱情，並且知道如何與學生溝通。不過我認為好教授最重要的特質就是要有自信——假如他們對某事物不瞭解，也應願意承認自己的不足，然後不斷追求進步。

## ㊋ 深入詳答

Different **managers** have different good qualities, of course, but I think one thing they must be able to do is lead, not by words, but by example. One of my previous managers always **modeled** the **behavior** he wanted to see in all team members, so he **proactively demonstrated** to us how to achieve business **excellence**. He never expected us to do something he couldn't. Also, a good manager must have excellent communication skills. It's **essential** to speak with **impact** and solve **conflicts** effectively.

當然，不同的管理者有不同的好特質，但我認為有一件事他們都必須做得到，也就是在領導時要以身作則，而不是口頭上說說而已。我以前的一位經理每當希望同仁表現出什麼樣子，他就會以自己的行為做榜樣，他是那樣積極地向我們證明了如何在業務上有傑出的表現。他不曾要求我們做他自己做不到的事。此外，一名優秀的經理人必須具備出色的溝通技巧，談話才能發揮影響力並有效解決衝突。

## Tips 面試一點通！

當我們在描述他人特質時，極有可能也是反映出自己就是想成爲那樣的人。因此面試官在聽取你回答此題的同時，對你本身的人格特質也可略知一二。 建議回應仍以正面表述爲佳，並利用此機會順便突顯個人特質。

### 實用句型

**I'm passionate about [doing something].**

我對〔做某事〕有熱情。

例 I'm passionate about helping people in need, so I chose social work as my major.

我喜歡幫助窮苦的人，所以我選擇唸社工系。

### 好用字彙

**characteristic** [ˌkærəktəˋrɪstɪk] (*adj.*) 特有的

**stimulate** [ˋstɪmjəˌlet] (*v.*) 激勵

**quality** [ˋkwɑlətɪ] (*n.*) 品質；特性

**passionate** [ˋpæʃənɪt] (*adj.*) 有熱情的

**ignorance** [ˋɪgnərəns] (*n.*) 無知

**manager** [ˋmænɪdʒɚ] (*n.*) 經理；負責人

**model** [ˋmɑdl̩] (*v.*) 使模仿

**behavior** [bɪˋhevjɚ] (*n.*) 行為

**proactively** [proˋæktɪvlɪ] (*adv.*) 主動地

**demonstrate** [ˋdɛmənˌstret] (*v.*) 示範；展示

**excellence** [ˋɛksl̩əns] (*n.*) 卓越

**essential** [ɪˋsɛnʃəl] (*adj.*) 必要的

**impact** [ɪmˋpækt] (*n.*) 影響力

**conflict** [ˋkɑnflɪkt] (*n.*) 衝突

My own answer

MP3 010

## What quality do you think makes someone a valuable member of a team?

你認為在團隊中要成為有價值的人須具備什麼樣的特質？

### 職 深入詳答

That's a **wonderful** question. I think it's important for members of a team to be **reliable**. For me, being reliable is when people **commit themselves to** the group, **come up with** a **trustworthy** plan, stay **focused** on a **goal**, and **follow through completely**. I mean, no one wants to work with a team member who says he or she will do something, and doesn't actually **deliver results**, right?

這真是個好問題。我認為身為團隊成員具備可靠度是很重要的。對我而言，所謂「可靠度」就是當人們對團隊全心投入時，他們會提出值得信賴的計劃，專注於目標，並貫徹執行。我的意思是，沒有人想要和一個說得到做不到的人共事，對吧？

### Tips 面試一點通！

通常面試者會提及何種特質，也意味著他／她特別注重該特質並有可能想成爲那樣的人。然而，團隊成員的人格特質不盡相同，可挑一兩種你個人認爲重要的加以討論，重點是所言皆應保持正面且合理。

### 實用句型

**The most important quality of ... is ...**

對……最重要的特質是……

例 The most important quality of a leader is the ability to communicate effectively.

領導者最重要的特質是具備有效溝通的能力。

## 好用字彙

**wonderful** [ˋwʌndɚfəl] (*adj.*) 極好的
**reliable** [rɪˋlaɪəbḷ] (*adj.*) 可信賴的
**commit oneself to** 專心致志於；獻身於
**come up with** 想出；提出
**trustworthy** [ˋtrʌstˏwɝðɪ] (*adj.*) 值得信賴的
**focus** [ˋfokəs] (*v./n.*) 聚焦於／焦點
**goal** [gol] (*n.*) 終點；目標
**follow through**（將……）進行到底；堅持完成
**completely** [kəmˋplitlɪ] (*adv.*) 完整地
**deliver** [dɪˋlɪvɚ] (*v.*) 履行；實現；發表
**result** [rɪˋzʌlt] (*n.*) 結果

My own answer

MP3 011

# What qualities do you think a good decision-maker should have?

你認為成功的決策者須具備什麼特質？

### 研 有力簡答

I remember a professor who told me that a good decision-maker should not be afraid of making **mistakes**.

我記得有位教授告訴我，一個好的決策者不應害怕犯錯。

### 研 深入詳答

I think good decision-makers always **trust** themselves. Some of my friends have a lot of **confidence** and I've **noticed** that making decisions is a lot easier for people with that kind of **personality**.

我認為優秀的決策者總是相信自己。我的一些朋友非常自信，而我發現正是這種性格讓他們做決定時更加容易。

### 職 深入詳答

I think good decision-makers should be able to **identify** problems quickly and understand them **thoroughly**. One of my previous managers, Mr. Kim, is a good example. Before starting a project or even during an **ongoing** project, Mr. Kim always made sure he completely understands the **situation**, has all the information **available**, and knows what **options** he has. Now, I also ask myself "Is there enough data available to help me make a good decision?" If I know everything I can know about a problem, then I can **approach** the decision-making process with confidence.

我認為傑出的決策者應能快速而徹底地發現並釐清問題。我以前的一位經理金先生就是個很好的例子。在企劃開始之前甚或進行期間，金先生總是確認他完全瞭解情況、所有可用情報以及選擇有哪些。現在，我也常問自己：「是否有足夠的資料來幫助我做出正確的決定？」如果我掌握了關於問題的一切，我就可以自信地進行決策過程。

## Tips 面試一點通！

雖說此題問的是 decision-makers 的特質，但在面試現場面臨到改問其他人（professors / leaders / team members 等）也不無可能。建議應試者事先預想幾個正向的人格特質，以便被問到時可立即派上用場。

### 實用句型

**I think good professors/supervisors/leaders/decision-makers should ...**

我認為好的教授／老闆／領導者／決策者應該要……

例 I think good leaders should be able to think strategically.

我認為好的隊長要有策略思考的能力。

### 好用字量

**mistake** [mɪ`stek] (*n.*) 錯誤

**trust** [trʌst] (*n./v.*) 信任；信賴

**confidence** [`kɑnfədəns] (*n.*) 自信；信心

**notice** [`notɪs] (*v.*) 注意到

**personality** [ˌpɜsn`ælətɪ] (*n.*) 人格；個性

**identify** [aɪ`dɛntəˌfaɪ] (*v.*) 識別；認出

**thoroughly** [`θɜolɪ] (*adv.*) 徹底地

**ongoing** [`ɑnˌgoɪŋ] (*adj.*) 進行中的

**situation** [ˌsɪtʃu`eʃən] (*n.*) 情況；處境

**available** [ə`veləbl̩] (*adj.*) 可獲得的；可用的

**option** [`ɑpʃən] (*n.*) 選擇

**approach** [ə`protʃ] (*v.*) 接近；著手處理

My own answer

MP3 012

## Do you think leadership qualities can be learned?

你認為領導能力是可透過學習而來嗎？

### 研 有力簡答

Yes, I think that **leadership** is a skill that can be acquired. But to improve one's leadership skills, people have to work at it. They may have to do some uncomfortable things, like take public-speaking training or something. It doesn't happen **automatically**.

是的，我認為領導力是可習得的技能。但為了增進領導技能，人們必須做點努力；必須做一些具挑戰性的事情，例如接受公開演講的訓練之類的。領導力不會憑空而來。

### 研 深入詳答

Yes, I do. Let me give you an example. My father used to be a shy young boy at school, and he thought being a leader is something he'd never achieve. But after **joining** the **workforce**, he decided he wanted to **enhance** his professional skills and **cultivate** more business **connections**. He was eventually **promoted** to the position of Sales Director in the company.

是的，我認為可能。讓我舉個例子吧。我父親過去在學校是個害羞的小男孩，他認為成為領導者是他永遠無法實現的。但在進入職場後，他決定他要加強自己的專業技能以培養更多的業務人脈。最終，他獲晉升為公司的業務經理。

### 職 深入詳答

Yes, I believe leadership qualities can be learned. Well, I know some people may **argue** that a great leader should just naturally be filled with confidence and always make all **impeccable decisions**; however, very few people are that good. I think leadership qualities can be acquired through **deliberate** practice.

是的，我相信領導才能是可學習的。沒錯，我知道有些人可能會爭論說，一個優秀的領導者應本身就充滿自信並總是做出完美的決策；然而，很少有人天生就那麼棒。我認為領導素質可透過刻意的練習來獲得。

## Tips 面試一點通！

不論在學校做報告，還是在職場開會，團隊合作已是稀鬆平常之事，且在團隊中總是會有那一兩位會主動跳出來當主持的人。難道這些人都是天生領導型人物嗎？還是透過後天學習的呢？當然，你可能認爲是與生俱來的特質，也可能覺得領導力是靠後天習得，不論抱持何種意見，描述原因務必要「有道理且具說服力」！

### 實用句型

**Some people may argue that ..., but I still think ...**

有些人可能會認為……，但我還是覺得……

例 Some people may argue that children should learn a foreign language as early as possible, but I still think that they should learn their mother tongue well first.

有些人可能會說孩子應儘早學習外語，但我仍覺得他們應先學好母語。

### 好用字彙

**leadership** [ˋlidɚʃɪp] (*n.*) 領導（才能）
**automatically** [͵ɔtəˋmætɪkḷɪ] (*adv.*) 自動地
**join** [dʒɔɪn] (*v.*) 加入
**workforce** [͵wɝkəˋfors] (*n.*) 勞動力
**enhance** [ɪnˋhæns] (*v.*) 提高；增加
**cultivate** [ˋkʌltə͵vet] (*v.*) 培養；建立（友誼）
**connection** [kəˋnɛkʃən] (*n.*) 關係
**promote** [prəˋmot] (*v.*) 升遷；宣傳
**argue** [ˋɑrgjʊ] (*v.*) 主張；認為
**impeccable** [ɪmˋpɛkəbḷ] (*adj.*) 無缺點的
**decision** [dɪˋsɪʒən] (*n.*) 決定
**deliberate** [dɪˋlɪbərɪt] (*adj.*) 故意的

My own answer

# Q13

## Do you consider yourself a leader or a follower?

**你認為自己是屬於領導者還是聽命行事的人？**

### 研 有力簡答

Well, I'm more of a **follower** in a **team**, because I want clear **direction**, and I always follow step-by-step **instructions** well.

嗯，在團隊中我較像是追隨者，因為我喜歡有明確的方向，而且我擅長遵循一步一步的指示做事。

### 研 深入詳答

I'm **enthusiastic**, goal-oriented, and always like to motivate other people on my team. Whenever professors **assign** a team **project**, I always **volunteer** to be the **leader**, so I'd consider myself a person with leadership **potential**.

我很熱心，目標明確，總是喜歡激勵團隊中的其他人。每當教授分配給我們團隊專題時，我總是自願擔任組長，所以我認為自己是一個有領導潛力的人。

### 職 深入詳答

Well, to be **honest**, I consider myself both a leader and a follower depending on the situation. But overall, I'm more of a leader. When I was with Best Tech, not only did I focus on completing all of my tasks well, but I also motivated team members to **achieve** the team's business goals. So based on these experiences, I'd say I'm more like a leader.

說實話，我認為自己既可是領導者又可是追隨者，視情況而定。但多數時候，我更像是個領導者吧。過去當我在 Best Tech 公司工作時，我不僅專注於完成自己的任務，而且還激勵其他團隊成員達成業務目標。基於這些經驗，我會說我更像一個領導者。

## Tips 面試一點通！

此題並不限於當領導者就是最佳答案，或是當追隨者就不好。假如對你而言，做一個追隨者也無妨，反而可答覆「有明確目標與步驟辦起事來更有效率」。

## 實用句型

**Not only ..., but also ...**

不僅……，還……

例 Not only is Mr. Jones very articulate, but he also has tons of charisma.
瓊斯先生不僅能言善道，還很有個人魅力。

## 好用字彙

**follower** [ˋfaləwɚ] (*n.*) 追隨者

**team** [tim] (*n.*) 隊；組

**direction** [dəˋrɛkʃən] (*n.*) 方向；指示

**instruction** [ɪnˋstrʌkʃən] (*n.*) 指引；指導

**enthusiastic** [ɪn͵θjuzɪˋæstɪk] (*adj.*) 熱心的；熱情的

**assign** [əˋsaɪn] (*v.*) 分配；指派

**project** [ˋpradʒɛkt] (*n.*) 企劃；專題；專案

**volunteer** [͵valənˋtɪr] (*v.*) 自願（做）；當志工

**leader** [ˋlidɚ] (*n.*) 領導者

**potential** [pəˋtɛnʃəl] (*n./adj.*) 潛力；可能性／潛在的

**honest** [ˋanɪst] (*adj.*) 誠實的

**achieve** [əˋtʃiv] (*v.*) 達成

## Q14

# What do you think is a good way to interact with classmates/colleagues/clients/etc.?

你認為跟同學／同事／客戶良好互動的方式為何？

### 研 有力簡答

I think looking for **common interests** is a good way to get to know my classmates, since people tend to open up when talking about things that both people are interested in.

我認為尋找共同興趣是認識同學的很好的一種方式，因為人們在談論雙方都感興趣的事情時往往就會敞開心扉。

### 研 深入詳答

I'm a people person and always approach others first, and I think one good way to interact with all kinds of people is to ask open questions. For example, if a person is reading a book alone, I would say to him or her "I enjoy reading novels, too. How do you like the story?" If he or she is interested in chatting more, I'm happy to **continue** the **conversation**. That's how I interact with people.

我是個頗善於交際的人，總是會先接近他人，我認為與各種人互動的好方法是問他們開放性的問題。比方說，若有個人正在看書，我就會跟他／她說「我也喜歡看小說。你喜歡這個故事嗎？」如果對方有興趣多聊一些，那麼我也很樂意繼續聊下去。這就是我與人互動的方式。

### 職 深入詳答

As a sales representative, I need to interact with all different kinds of **clients**. I think the best way to interact with them is to first listen **attentively** to what they have to say. In addition, before I **respond** to them, I also **consider** carefully what to say, how to say it, and choose language that **communicates** my **ideas** clearly.

身為業務代表，我要與各種不同類型的客戶打交道。我認為與他們互動的最佳方式是先認真傾聽他們要說的話。另外，在我回應他們之前，我也會仔細考慮要說些什麼、怎麼表達，並選擇恰當的言語，以便清楚地傳達我的想法。

## Tips 面試一點通！

每個人的性格皆不盡相同，若要論及與人互動的模式自然也是沒有標準答案。應試者根據自身的偏好加以論述即可。若你是屬於可很快跟人打成一片的，便可說說你是用什麼策略辦到的；若自認爲是屬於「慢熟」的人也沒關係，重要的是顯示出「真誠的心」並「願意傾聽」，這樣的互動方式也是很棒的！

## 實用句型

**The best way to ... is ...**

做……最好的方式是……

例 The best way to make new friends is to talk to strangers.

結交新朋友的最好方法就是主動與陌生的他們交談。

## 好用字彙

**common** [ˋkamən] (*adj.*) 共同的；一般的

**interest** [ˋɪntərɪst] (*n.*) 興趣；愛好

**continue** [kənˋtɪnjʊ] (*v.*) 繼續

**conversation** [ˌkanvəˋseʃən] (*n.*) 對話

**client** [ˋklaɪənt] (*n.*) 客戶

**attentively** [əˋtɛntɪvlɪ] (*adv.*) 聚精會神地

**respond** [rɪˋspand] (*v.*) 回應

**consider** [kənˋsɪdɚ] (*v.*) 考慮；認為

**communicate** [kəˋmjunəˌket] (*v.*) 溝通

**idea** [aɪˋdiə] (*n.*) 主意；構想

MP3 015

## What customer interaction skills do you bring to the table?

你具備什麼和顧客應對的技巧？

### 職 深入詳答

I've been working as a **customer** service representative for more than three years, and I would say that I show great **empathy** to customers. I mean I listen to customers' problems, try to understand their **emotions** and points of view, and come up with **solutions** that can best solve their problems. But you know what? Sometimes, what customers really care about is not their **particular** problem, but rather how they feel and how they are **treated**. Therefore, when **interacting** with customers, I tend to be **empathic** and take care of their emotions first.

我擔任客服代表已經三年多了，我認為我真的對顧客們展現出了極大的同理心。我的意思是，我都會認真聽取顧客的問題，試著瞭解他們的情緒和觀點，並提出最能解決他們問題的解決方案。但您知道嗎？有時候顧客真正在乎的並不是他們個別的問題，而是他們的感受和受到什麼樣的對待。因此，在與顧客互動時，我經常會換位思考，優先照顧他們的情緒。

### Tips 面試一點通！

由於消費者意識抬頭，現今的消費者／顧客對產品或服務可能期待更高、要求更多。因此，公司的客服員工如何代表公司來對待並處理顧客問題，的確是雇主們所在意的。此題很明顯是想問出應徵者待人接物與問題解決方面的能力。相對上較能有效得分的回應重點應包括「要有同理心」、「站在顧客的角度分析狀況」等。

## 實用句型

**When [doing something], I tend to ...**

當〔做某事〕時，我通常會……

例 When facing challenges in life, I tend to always look on the bright side.

當面對生活中的挑戰時，我都盡量往好的方面看。

## 好用字彙

**customer** [ˋkʌstəmɚ] (*n.*) 顧客
**empathy** [ˋɛmpəθɪ] (*n.*) 同感
**emotion** [ɪˋmoʃən] (*n.*) 情緒
**solution** [səˋluʃən] (*n.*) 解決方案
**particular** [pɚˋtɪkjəlɚ] (*adj.*) 特定的
**treat** [trit] (*v.*) 對待
**interact** [ˌɪntəˋrækt] (*v.*) 互動
**empathic** [ɛmˋpæθɪk] (*adj.*) 有同理心的

My own answer

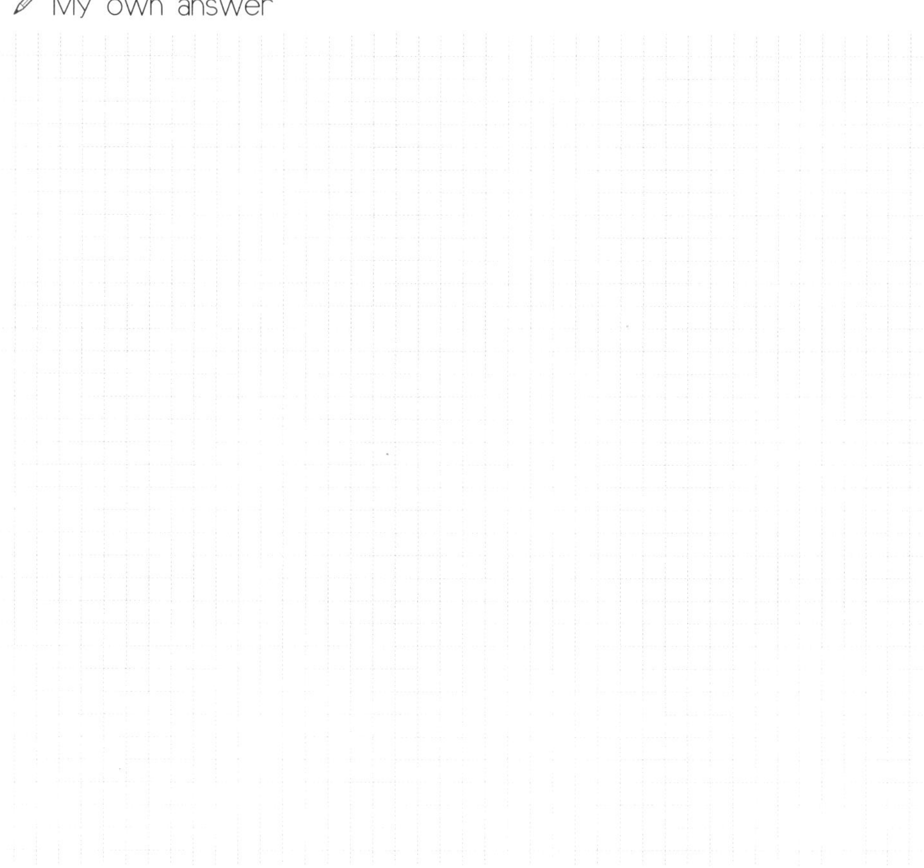

## Q16

# What sports do you enjoy playing?

你喜歡做什麼運動？

### 研 有力簡答

I was a member of the tennis team in high school and I **used to** play tennis a lot during my university years as well. I enjoy playing tennis because I think playing it not only **requires skill** but also a lot of **strategy**.

高中時我是網球隊的一員，在大學期間我也經常打網球。我喜歡打網球，因為我認為要打得好不僅需要良好的技術，還需要有效的戰術。

### 研 深入詳答

I used to **work out** a lot, but I wanted to try something a bit different. Now I enjoy practicing yoga actually. I do think practicing yoga has **a number of benefits**, including helping me sleep better, getting fewer colds, and making me more **relaxed**. But you know what? I'm also thinking about trying some **extreme sports** in the future, like water-skiing. I think it looks fun.

我過去經常健身，但我也想過嘗試不太一樣的東西。現在我很喜歡練瑜伽。我真的認為練瑜伽可帶來很多好處，包括幫助我睡得更好、較少感冒以及讓我放鬆。您知道嗎？我也有在想將來嘗試一些極限運動，比如滑水之類的。感覺很有趣。

### Tips 面試一點通！

運動保持身體健康和努力讀書取得好成績同等重要！學校也不希望學生當書呆子，而是要有參與活動、平衡生活的能力。因此，關於喜歡什麼樣的體育活動，要是有先準備好答案便是很好發揮的一題；反之，若回答自己是完全不運動的人，可能是比較不討喜的說法。

## 實用句型

**[Doing something] has a lot of / a number of benefits.**

〔做某事〕有許多好處。

例 Studying abroad has a lot of benefits, including improving language and problem-solving skills.

出國留學好處多多，包括提升語言和解決問題的能力。

## 好用字彙

**used to** 過去經常

**require** [rɪ`kwaɪr] (*v.*) 要求

**skill** [`skɪl] (*n.*) 技術；技能

**strategy** [`strætədʒɪ] (*n.*) 策略

**work out** 健身

**a number of** 一些

**benefit** [`bɛnəfɪt] (*n./v.*) 利益 / 獲益

**relaxed** [rɪ`lækst] (*adj.*) 放鬆的

**extreme** [ɪk`strim] (*adj.*) 極度的；極限的

**sports** [spɔrts] (*n.*) 體育運動

My own answer

MP3 017

## Do you participate in team sports? What is your role on the team?

你有參與團隊運動嗎？你在團隊中扮演什麼角色？

### 研 有力簡答

Yes, on the school volleyball team. I'm mainly **responsible** for **coordinating** the **defense**.

有，我是學校排球隊的隊員。我主要負責擔任協調防守員。

### 研 深入詳答

Yes, I do. I play the **defensive specialist role** on our school volleyball team, so I'm mainly responsible for coordinating the defense. Everyone on the team has to trust each other and work toward a **united** goal. Being part of a team has really been important to me because it has helped me to increase my **self-esteem**. Also, playing on a team has made me **realize** the importance of **teamwork** skills, such as communication and leadership.

是的。我在我們學校排球隊專任防守員，主要負責協調防守。每一個成員都必須相互信任，並朝著一致的目標努力。身為隊上的一份子對我而言很重要，因為這段經歷幫助了我提升自信。此外，參與團隊運動也讓我意識到協作能力的重要性，例如溝通和領導力。

### Tips 面試一點通！

研究所課程多是小組討論或專題合作，因此團隊合作相形重要。由此題的回應可看出申請者在團隊合作中的角色與定位，無論如何回答，記得朝自己「好溝通」、「善合作」的方向描述準沒錯。

## 實用句型

**I'm mainly responsible for ....**

我主要負責……。

例 I play left field and I'm mainly responsible for getting on base.

我是左外野手，（進攻時）主要負責上壘。

## 好用字彙

**responsible** [rɪˋspɑnsəbl̩] (*adj.*) 負責的

**coordinate** [koˋɔrdnet] (*v.*) 協調

**defense** [dɪˋfɛns] (*n.*) 防守

**defensive** [dɪˋfɛnsɪv] (*adj.*) 防禦的

**specialist** [ˋspɛʃəlɪst] (*n./adj.*) 專家／專門的

**role** [rol] (*n.*) 角色；任務

**united** [juˋnaɪtɪd] (*adj.*) 統一的；一致的

**self-esteem** [ˏsɛlfəsˋtim] (*n.*) 自尊

**realize** [ˋrɪəˏlaɪz] (*v.*) 意識到；瞭解；實現

**teamwork** [ˋtimˋwɝk] (*n.*) 協力；配合

My own answer

## Q18

# What do you like about individual/team sports?

你喜歡個人運動／團隊運動的什麼部分？

### 研 有力簡答

I always **participate** in team sports because team sports help me cultivate **social** skills, including **mutual respect**, **accepting** differences, and **problem-solving**.

我都是參加團隊運動，因為團隊運動有助於培養社交技能，包括相互尊重、接受差異和解決問題。

### 研 深入詳答

I actually **prefer** to do **individual** sports, like jogging and cycling. Well, when **taking part in** individual sports, I know the only person I can **rely** on is myself, since I don't have other **teammates** to share the **burden** with. More importantly, this can enhance my **self-confidence** and **independence** and stimulate me to work even harder in order to stand out from the **crowd**.

其實我比較喜歡個人運動，比如慢跑和騎自行車。在做個人運動時，我知道唯一可依賴的人就是自己，因為沒有其他隊友能分擔。更重要的是，獨自運動可增強我的自信心和獨立性，並激勵自己要更加努力才能從人群中脫穎而出。

### Tips 面試一點通！

俗話說「一樣米養百樣人」，有些人就是偏好個人活動，那也是很棒的；重點是在描述箇中理由時，要將個人活動的「正面優點」帶出來，而非論及另一方的缺點，比方說「參與團體活動的話，成員多會意見分歧……」等說法就比較不建議。

## 實用句型

**The only person [someone] can rely on is ..., since ...**

〔某人〕唯一可依賴的人是……，因為……

例 The only person the kid can rely on is his grandma, since his parents are both working abroad.

那孩子唯一可依靠的人就只有他祖母，因為他的父母都在國外工作。

## 好用字彙

**participate** [pɑr`tɪsə͵pet] (*v.*) 參加

**social** [`soʃəl] (*adj.*) 社交的

**mutual** [`mjutʃʊəl] (*adj.*) 相互的；彼此的

**respect** [rɪ`spɛkt] (*n./v.*) 尊重；尊敬

**accept** [ək`sɛpt] (*v.*) 接受

**problem-solving** [`prɑbləm͵salvɪŋ] (*n.*) 解決問題

**prefer** [prɪ`fɝ] (*v.*) 寧可；較喜歡

**individual** [͵ɪndə`vɪdʒʊəl] (*adj.*) 個人的；單獨的

**take part in** 參加；出席

**rely** [rɪ`laɪ] (*v.*) 依靠；依賴

**teammate** [`tim͵met] (*n.*) 隊友

**burden** [`bɝdn] (*n.*) 負擔

**self-confidence** [͵sɛlf`kɑnfədəns] (*n.*) 自信

**independence** [͵ɪndɪ`pɛndəns] (*n.*) 獨立

**crowd** [kraʊd] (*n.*) 人群

My own answer

MP3 019

## What has made you stick with an interest for years? What motivates you to do your best work?

**是什麼動力讓你多年來一直保持興趣？是什麼動機促使你盡力而為？**

### 研 有力簡答

I enjoy the **sense** of **fulfillment** I have after achieving my goals, so I would say that it's a sense of **pride** that really motivates me to keep moving forward.

我很喜歡達成目標後所獲得的成就感，所以我會說，這種自豪感正是激勵著我繼續前進的動力。

### 研 深入詳答

I would say that I'm more of a self-motivated person and I don't really need much **external motivation**. I work not only for **paychecks**, but more importantly, I always do my best work out of a sense of pride. I truly enjoy the **satisfaction** of achieving my goals. Whenever I'm assigned important projects, I **dedicate** my best efforts to complete them. And the **praise** from my supervisors and the sense of self-satisfaction are the real **rewards** that I get.

我認為我算是有上進心的人，不需要太多外部動力的鞭策。我工作不僅是為了賺取薪水，更重要的是，我是出於一股自豪感而全力以赴。我真的很喜歡實現目標後的滿足感。每當我被指派做重要的專案時，我都會盡最大努力去完成，來自主管的讚賞和自我滿足感才是我得到的真正回報。

## Tips 面試一點通！

學校教授最喜歡積極、主動學習的學生，而非等著老師「餵知識」的被動接收者，因此可藉由此題的機會多多向教授展示自己有主動求知的精神。

求職面試也不例外，前陣子流行 "quiet quitting"（安靜離職）一詞，而抱持這種「微躺平」（不積極求進步）心態的員工是雇主們最不想遇見的。因此，求職者面對此題時，可強調自身的主動、精益求精的特質。

## 實用句型

**I truly enjoy the satisfaction of [doing something].**

我很喜歡〔做某事〕所帶來的成就感。

例 I truly enjoy the satisfaction of completing ambitious projects.

我很喜歡完成具挑戰性的專題／專案所帶來的成就感。

## 好用字量

**sense** [sɛns] (*n.*) 感覺

**fulfillment** [fʊlˋfɪlmənt] (*n.*) 實現

**pride** [praɪd] (*n.*) 驕傲；自豪

**external** [ɪkˋstɜnəl] (*adj.*) 外部的；外界的

**motivation** [ˌmotəˋveʃən] (*n.*) 動機；幹勁

**paycheck** [ˋpeˌtʃɛk] (*n.*) 薪資

**satisfaction** [ˌsætɪsˋfækʃən] (*n.*) 滿意；滿足

**dedicate** [ˋdɛdəˌket] (*v.*) 奉獻；致力於

**praise** [prez] (*n./v.*) 讚賞

**reward** [rɪˋwɔrd] (*n./v.*) 報償

My own answer

## Q20

# What / Who is your favorite subject / book / memory / place to go / basketball player / teacher / etc.?

**你最喜歡的科目／書籍／回憶／景點／籃球員／老師是？**

### 研 有力簡答

English is one of my **favorite subjects**. I enjoy learning English but the reason I study it is that it's the most commonly used **language** for communication in the world.

英語是我最喜歡的科目之一。我喜歡學習英語，因為它是世界上最常用來溝通的語言。

### 研 深入詳答

I enjoy learning all subjects really, but English has always been my **favorite**. I do think that learning English is important because it's the most commonly used language for communication, especially in the business **field**. More importantly, studying English **increases** my **chances** for getting a job in **international** companies. I've always wanted to work at **major corporations**, like Google, Microsoft, or Amazon, so in order to achieve my goal, knowing English is a **must**.

所有科目我都很喜歡，但英語一直是我最喜歡的。我認為學習英語非常重要，因為它是最常用的溝通語言，尤其是在商業領域。更重要的是，學習英語增加了我在國際性公司找到工作的機會。我一直想在 Google、微軟或亞馬遜等大企業工作，所以為了實現我的目標，說好英語是必要的。

### Tips 面試一點通！

每個人感興趣的科目不一樣，理由也不盡相同，要是被問到此題就照自己的體驗描述即可，記得除了描述科目本身如何吸引你之外，更重要的是，若能順帶提及該科目對自己未來的研究／職涯發展所發揮的正面影響則更有機會獲得面試官的青睞。

### 實用句型

**[Doing something] increases my chances for ....**

〔做某事〕增加我……的機會……。

例 Scoring high on TOEFL increases my chances for getting admission from top universities in the U.S.

托福考高分可增加我被美國頂尖大學錄取的勝算。

### 好用字彙

**favorite** [ˋfevərɪt] (*n./adj.*) 最愛（的）
**subject** [ˋsʌbdʒɪkt] (*n.*) 主題；科目
**language** [ˋlæŋgwɪdʒ] (*n.*) 語言
**field** [fild] (*n.*) 領域
**increase** [ɪnˋkris] (*v.*) 增加
**chance** [tʃæns] (*n.*) 機會；可能性
**international** [ˏɪntəˋnæʃənl] (*adj.*) 國際性的
**major** [ˋmedʒə] (*adj./n.*) 主要的／主修學生
**corporation** [ˏkɔrpəˋreʃən] (*n.*) 大公司；企業
**must** [mʌst] (*n.*) 必須做的事；不可少的事物

My own answer

## Q21

# What books / business magazines / novels / etc. do you recommend?

你推薦哪本不錯的書／商業雜誌／小說？

### 研 有力簡答

I just finished reading *The Grapes of Wrath* by John Steinbeck. I highly **recommend** it. It's a very **inspiring** book.

我剛讀完約翰．斯坦貝克的《憤怒的葡萄》。我強烈推薦這本書，它是一本鼓舞人心的好書。

### 研 深入詳答

One book I truly recommend is the American novel *The Grapes of Wrath* by John Steinbeck. The story takes place during the Great Depression and the novel definitely made me **empathize** with **migrant** farmworkers' **plight**. In addition, as I read this American classic, I also picked up a lot of useful vocabulary and sentence patterns, and gained a better understanding of the English language.

我真心推薦的一本書是約翰．斯坦貝克的美國小說《憤怒的葡萄》。故事發生在經濟大蕭條時期，這本小說讓我對農場移工的困境產生了共鳴。此外，在閱讀這部美國經典的過程中，我還學到了有用的詞彙和句型，對英語有更深入的瞭解。

### 職 深入詳答

A business book I highly recommend is John Smith's *Make Your Choices*, which was published in 2020. In the book, the author provides **constructive suggestions** to people who are serious about starting a small business. He mentions that in order to stand out from today's **competitive** market, business leaders should be innovative and focus on **developing products** or services that help customers solve their problems and **fulfill** their **demands**.

我強烈推薦的一本商業書籍是約翰．史密斯於 2020 年出版的《做出你的選擇》。在這本書中，作者為認真考慮創辦小公司的人提供了一些相當具有建設性的建議。他提到，為了在當今競爭激烈的市場中脫穎而出，公司領導者應抱持創新精神，並專注於開發可幫助顧客解決問題並滿足其需求的產品或服務。

## Tips 面試一點通！

學校教授或公司雇主透過此題或多或少能瞭解應試者的閱讀興趣，是偏好輕鬆類的小說？還是討論商業議題的雜誌？建議最好提出與研究學科或求職領域有直接相關的答案，並進一步述說該作品爲啓發靈感或激盪新點子之佳作。

### 實用句型

**One ... I highly recommend is ... by ....**

我最推薦的……是……的……。

例 One business book I highly recommend is *Effective Management* by Sherry Smith.

我最推薦雪莉．史密斯的《有效管理》這本商業書籍。

### 好用字彙

**recommend** [ˌrɛkəˋmɛnd] (*v.*) 推薦

**inspiring** [ɪnˋspaɪrɪŋ] (*adj.*) 激勵人心的

**empathize** [ˋɛmpəˌθaɪz] (*v.*) 有同感

**migrant** [ˋmaɪgrənt] (*adj.*) 移民的；流動的

**plight** [plaɪt] (*n.*) 困境

**constructive** [kənˋstrʌktɪv] (*adj.*) 有建設性的

**suggestion** [səˋdʒɛstʃən] (*n.*) 建議

**competitive** [kəmˋpɛtətɪv] (*adj.*) 競爭的

**develop** [dɪˋvɛləp] (*v.*) 發展；開發

**product** [ˋprɑdəkt] (*n.*) 產品

**fulfill** [fʊlˋfɪl] (*v.*) 執行；完成；滿足

**demand** [dɪˋmænd] (*n.*) 要求；需求

My own answer

MP3 022

## How do you spend your time when you're not in school?

沒上課的時候你都做些什麼？

### 研 有力簡答

I **spend** most of my time studying in the **library**. I mean I've got a lot of reading to do and assignments to complete, so I have to **put in the time** to be **well-prepared** for my **upcoming** classes.

我大部分時間都在圖書館看書。我是指我有很多閱讀和作業要完成，所以我必須花時間在下一節課之前做好充分的準備。

### 研 深入詳答

To be honest, I still need to work on my school readings, assignments, and projects even when I'm not in class, so I spend most of my time either in my **dorm** room or the library. Sometimes, I do some **outdoor activities** too. I like to play badminton or go swimming with friends.

老實說，即使我不在教室裡上課，我還是需要完成學校指派的閱讀、作業和專題，所以我大部分時間人不是在宿舍，就是在圖書館。有時候我也會做些戶外活動，我喜歡和朋友們打羽球或去游泳。

### Tips 面試一點通！

學生不一定要把全部的時間、精力都花在讀書上，做些戶外活動調劑身心也很重要，因此可藉由此題說明自己的課後活動規劃，體育運動或藝文活動等都是不錯的方向。

## 實用句型

**I like/enjoy going + [activity].**

我喜歡做〔某活動〕。

例 I enjoy going jogging/swimming/shopping during the weekend.

週末我喜歡去慢跑／游泳／購物。

## 好用字彙

**spend** [spɛnd] (*v.*) 花費（錢、時間、精力等）

**library** [ˋlaɪˏbrɛrɪ] (*n.*) 圖書館

**put in the time** 投注（必要的）時間

**well-prepared** [ˋwɛl prɪˋpɛrd] (*adj.*) 準備就緒的

**upcoming** [ˋʌpˏkʌmɪŋ] (*adj.*) 即將到來的

**dorm** [dɔrm] (*n.*) 宿舍

**outdoor** [ˋaʊtˏdor] (*adj.*) 戶外的

**activity** [ækˋtɪvətɪ] (*n.*) 活動

My own answer

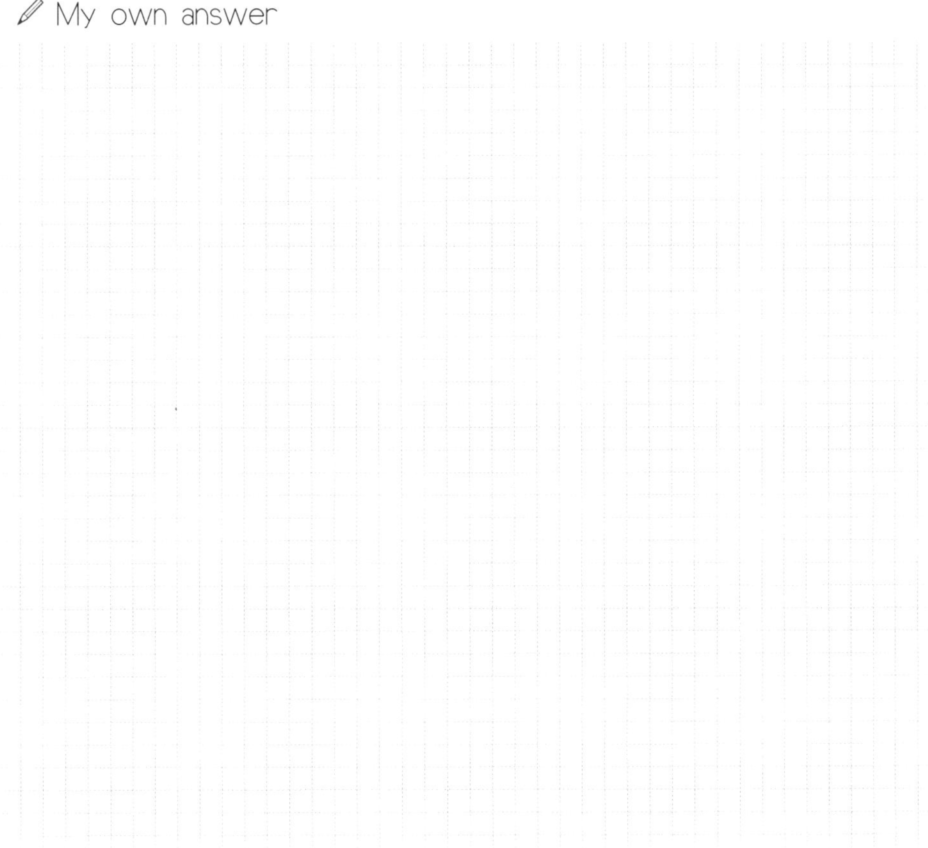

MP3 023

## What draws you to the graduate program / position to which you've applied?

是什麼因素促使你申請本研究所專班／職缺的？

### 研 有力簡答

I learned from your school **website** that you **emphasize** the importance of learning by doing, and that's exactly the learning **method** I'm looking for. I want to become work-ready by **acquiring** the **practical** skills that **employers** really need.

我從貴校的網站上瞭解到學校強調「做中學」的重要性，而這正是我尋求的學習方法。我想習得雇主們真正需要的實用技能，為將來就業做好準備。

### 研 深入詳答

My parents are both doctors, and I'm been strongly influenced by them. Ever since I was young, I have always been interested in learning more about cell **structure** and **function**. And I know that your school provides a variety of graduate-level **courses** in biology that will help me develop the skills **necessary** to **apply** my **knowledge** of cellular biology to work in the health care field.

我的父母都是醫生，我受他們的影響很大。從小我就一直對學習細胞結構和功能深感興趣，而我知道貴校提供各種生物學的研究生課程，可幫助我發展必要的技能，將我的細胞學知識應用到健康醫療領域的工作。

### 職 深入詳答

I've always wanted to work in the **tourism trade**. My parents are both tour **guides**, and because of their influence, I've always been passionate about traveling and **exploring** the world. I remember that when I was 13, my parents gave me a **booklet** introducing the national parks in the U.S. I was so totally **impressed** by the **spectacular scenery** that I decided to become a tour guide in the future. Now, I've got this wonderful opportunity to be a tour guide, so I'm going to just go for it and do my best to help people appreciate the beauty of the world.

我一直想從事旅遊業。我父母都是導遊，受到他們的影響，我對旅行和探索世界始終充滿熱情。記得我十三歲時，父母給了我一本介紹美國國家公園的手冊，壯觀的景色給我留下了很深刻的印象，我便立志以後要當一名導遊。現在，我有機會成為一名導遊，所以我會全力以赴，盡我所能幫助人們欣賞世界的美麗。

## Tips 面試一點通！

此題的目的在於探詢應試者報考學校／應徵職位的動機。面試官並不想聽到彷彿是「亂槍打鳥」般廣撒履歷的作法，而會欣賞應試者是經過評估、做過一番功課之後才審慎地提出申請。因此，建議針對自身興趣與規劃回答之餘，若能順帶提及自己將如何發揮所長協助並影響他人，則更有加分效果。

## 實用句型

**I've always wanted to ...**

我一直都想要……

例 I've always wanted to start my own business.

我一直想自己創業。

## 好用字彙

**website** [ˋwɛb͵saɪt] (*n.*) 網站
**emphasize** [ˋɛmfə͵saɪz] (*v.*) 強調
**method** [ˋmɛθəd] (*n.*) 方式
**acquire** [əˋkwaɪr] (*v.*) 取得；習得
**practical** [ˋpræktɪkl] (*adj.*) 實用的；實際的
**employer** [ɪmˋplɔɪɚ] (*n.*) 雇主
**structure** [ˋstrʌktʃɚ] (*n.*) 結構
**function** [ˋfʌŋkʃən] (*n.*) 功能
**course** [kors] (*n.*) 課程
**necessary** [ˋnɛsə͵sɛrɪ] (*adj.*) 必要的
**apply** [əˋplaɪ] (*v.*) 申請；應用
**knowledge** [ˋnɑlɪdʒ] (*n.*) 知識
**tourism** [ˋtʊrɪzəm] (*n.*) 旅遊業；觀光業
**trade** [tred] (*n.*) 貿易；產業
**guide** [gaɪd] (*n.*) 導遊；嚮導
**explore** [ɪkˋsplor] (*v.*) 探索
**booklet** [ˋbʊklɪt] (*n.*) 小冊子
**impress** [ɪmˋprɛs] (*v.*) 使印象深刻
**spectacular** [spɛkˋtæk jəlɚ] (*adj.*) 壯觀的
**scenery** [ˋsinərɪ] (*n.*) 風景

My own answer

MP3 024

## Why Yale/Microsoft? What do you know about our school/company?

為何選擇本校（耶魯大學）／本公司（微軟）？你對我們學校／公司有什麼認識？

### 研 有力簡答

I did a lot of **research** about Yale on the Internet before applying, and I know that the **programs** and courses that you **offer align** very closely with my research interests.

在申請之前，我在網路上搜尋了許多關於耶魯大學的資訊，我知道貴校所提供的課程與我的研究興趣非常一致。

### 研 深入詳答

Yale is really **well-known** for its **botanical** garden, which I know is the home to more than 2,000 plants from a variety of different **ecosystems**. As a **biology** major, I am really looking forward to doing research in such an **amazing** garden. Oh, and I think the **planetarium** on **campus** is almost equally **fantastic**. I'm pretty interested in learning more about **astronomy** as well.

耶魯大學以校內的植物園而聞名，據我所知，這裡有兩千多種來自不同生態系統的植物。我主修生物，我真的很期待在這麼棒的花園裡做研究。噢還有，校內的天文館也一樣令人驚豔。我對學習更多關於天文學的知識也蠻有興趣的。

### 職 深入詳答

From reading the news, I know Best Tech is a respected international company. You mainly provide IT services to **enterprises** around the world. From your company website, I've also learned that you've got a clear company **mission** and **ambitious objectives**. With my skills and past experience in the IT **industry**, I believe I can help achieve those goals.

從新聞中可瞭解到 Best Tech 是一家備受敬重的國際性公司，您們主要為全球的企業客戶提供資訊服務。從貴公司的網站上，我還瞭解到您們有明確的企業使命和遠大的目標。憑藉我的技能和過去在資訊業的經驗，我相信我能幫助貴公司達成那些目標。

## Tips 面試一點通！

不論是申請學校還是求職，漫無目的地廣投履歷會讓面試官感覺缺乏誠意，學校或公司都希望收到的是經過研究並深思熟慮之後的申請。在回答此題時，首先要聚焦申請學校／應徵公司最吸引你的地方，並強調該優點與自己的研究／工作目標十分契合。

## 實用句型

**... is well-known for ....**

……以……聞名。

例 Taipei is well-known for its bustling business districts, its energetic nightlife, and its colorful marketplaces.

台北以其繁華的商業區、充滿活力的夜生活和多彩多姿的市場聞名。

## 好用字量

**research** [rɪˋsɝtʃ] (*n./v.*) 研究；調查
**program** [ˋprogræm] (*n.*) 課程；（教學）大綱
**offer** [ˋɔfɚ] (*v.*) 提供；給予
**align** [əˋlaɪn] (*v.*) 對齊；與……保持一致
**well-known** [ˋwɛlˋnon] (*adj.*) 有名的
**botanical** [boˋtænɪkl] (*adj.*) 植物的
**ecosystem** [ˋɛko͵sɪstəm] (*n.*) 生態系統
**biology** [baɪˋɑlədʒɪ] (*n.*) 生物學
**amazing** [əˋmezɪŋ] (*adj.*) 很棒的
**planetarium** [͵plænəˋtɛrɪəm] (*n.*) 天文館
**campus** [ˋkæmpəs] (*n.*) 校園；校區
**fantastic** [fænˋtæstɪk] (*adj.*) 極好的
**astronomy** [əsˋtrɑnəmɪ] (*n.*) 天文學
**enterprise** [ˋɛntɚ͵praɪz] (*n.*) 企業
**mission** [ˋmɪʃən] (*n.*) 任務；使命
**ambitious** [æmˋbɪʃəs] (*adj.*) 志向遠大的
**objective** [əbˋdʒɛktɪv] (*n.*) 目標
**industry** [ˋɪndəstrɪ] (*n.*) 工業；產業

My own answer

# Q25

MP3 025

## What's something that you recently tried for the first time? What did you learn?

你最近有嘗試什麼新事物嗎？你從中學到什麼？

### 研 有力簡答

I've always wanted to learn a **foreign** language **besides** English, so I started learning Japanese **recently**. Even though learning Japanese is not easy at all, I'll keep trying.

除了英語之外，我一直想學另一個外語，所以我最近開始學日語。儘管學日語一點也不容易，但我會繼續努力。

### 研 深入詳答

I've started to **cook** for myself for the first time in the last year. I used to eat out a lot, but then I thought cooking at home might be worth trying. I've learned that cooking well requires learning some basic **techniques**, like the best way to **chop** an onion, how to **boil** an egg, or even how to **deglaze** a pan. Just like learning anything else, it takes time and **patience**, but I think I'm already on my way to becoming a good cook.

我是去年開始自己做飯。我以前經常外食，但後來我覺得在家煮飯值得一試。我才瞭解到料理要做得好也是需要學習一些基本技巧的，比如切洋蔥的最佳方式、水煮雞蛋的方法，甚至如何洗鍋收汁。就像學其他任何技能一樣，都需要時間和耐心，但我想我已經在成為一個好廚師的路上了。

### 職 深入詳答

Well, I started to learn **coding** not long ago, since it's one of the most important skills to have in the **current** job market. I don't have a computer science **degree**, but I'm really interested in learning coding languages like Python that I can use for **machine learning** tasks. Learning coding has taught me to break down a **complex** problem into small tasks. After some practice, I now approach coding tasks more creatively, and enjoy practicing **critical thinking** skills.

嗯，我不久前才開始學習寫程式，畢竟編碼是目前就業市場上最重要的技能之一。我沒有電腦科學學位，但我真的對學習像 Python 那種我能應用在機器學習工作上的程式語言很有興趣。學習編碼技能教會了我將複雜的問題分解成小任務。在幾經練習之後，我現在處理編碼任務時更有創意，並更樂於練習批判性思考。

## Tips 面試一點通！

面試官問此題的用意是要探詢應試者是否有創新與抱著好奇心學習新事物的精神。所謂嘗試新事物，範圍很廣，即使是與學科或職場關聯性較低的生活型技能也無妨，例如學個樂器、烹飪做蛋糕或接觸新運動等。同樣地，除了描述事物本身之外，也要針對自身的認知、感受與經驗方面加以闡述喔！

## 實用句型

**Even though ..., I ...**

儘管……，我……

例 Even though studying in the U.S. will be challenging, I've decided to go for it.

雖說去美國留學充滿挑戰，我還是決定了要盡力一試。

## 好用字彙

**foreign** [ˋfɔrɪn] (*adj.*) 外國的

**besides** [bɪˋsaɪdz] (*prep.*) 除……之外

**recently** [ˋrisntlɪ] (*adv.*) 最近

**cook** [kʊk] (*v./n.*) 烹飪／廚師

**technique** [tɛkˋnik] (*n.*) 技巧

**chop** [tʃap] (*v.*) 切

**boil** [bɔɪl] (*v.*) 煮

**deglaze** [dɪˋglez] (*v.*)【烹飪】洗鍋收汁

**patience** [ˋpeʃəns] (*n.*) 耐心；忍耐

**coding** [ˋkodɪŋ] (*n.*)【電腦】程式編碼

**current** [ˋkɝənt] (*adj.*) 目前的；現今的

**degree** [dɪˋgri] (*n.*) 學位

**machine learning**【電腦】機器學習

**complex** [ˋkamplɛks] (*adj.*) 複雜的

**critical** [ˋkrɪtɪkḷ] (*adj.*) 批評的；關鍵性的

**thinking** [ˋθɪŋkɪŋ] (*n.*) 思考；考慮

My own answer

Q 26

 MP3 026

# Is there something in the news or a recent technological development that has caught your attention?

有沒有什麼新聞或最近的科技發展引起了你的注意？

## 研 有力簡答

Recently, the news about the **development** of **artificial intelligence** has really caught my attention. I think artificial intelligence is **gradually transforming** the world.

近來，我相當關注關於人工智慧發展的新聞。我認為人工智慧正逐漸改變世界。

## 研 深入詳答

I've been paying special attention to the development of artificial intelligence recently. I follow the news, **attend** AI **seminars**, and I've even **exchanged** ideas with some **experts** in the field. I think AI is going to **revolutionize** the way people **gather data**, **interpret information**, and make decisions. I can even **imagine** that in the future **robots** might acquire new abilities simply through **observing** the actions of **humans**.

最近以來我特別關注人工智慧的發展，我瀏覽相關新聞並參加一些研討會，也有和一些領域專家交流。我認為 AI 將徹底改變人們收集數據、解釋資訊以及做決策的方式。我甚至可以想像，未來機器人可能會透過觀察人類的行為來習得新能力。

### Tips 面試一點通！

透過討論此題可看出申請者對未來變化的關心程度，可朝自己的專業領域或主修科目尋找話題，講起來比較得心應手。

## 實用句型

**[Someone] should pay attention to [something].**

〔某人〕應關注〔某事〕。

例 Business people should always pay attention to the market trends.

商業人士應時時關注市場的動向。

## 好用字彙

**development** [dɪ`vɛləpmənt] (*n.*) 發展
**artificial** [͵artə`fɪʃəl] (*adj.*) 人工的；人造的
**intelligence** [ɪn`tɛlədʒəns] (*n.*) 智慧；智能
**gradually** [`grædʒʊəlɪ] (*adv.*) 漸漸地
**transform** [træns`fɔrm] (*v.*) 轉變
**attend** [ə`tɛnd] (*v.*) 參加；出席
**seminar** [`sɛmə͵nar] (*n.*) 專題討論會
**exchange** [ɪks`tʃendʒ] (*v.*) 交換
**expert** [`ɛkspɚt] (*n.*) 專家
**revolutionize** [͵rɛvə`luʃən͵aɪz] (*v.*) 使徹底變革
**gather** [`gæðɚ] (*v.*) 收集
**data** [`detə] (*n.*) 資料；數據
**interpret** [ɪn`tɝprɪt] (*v.*) 詮釋；解讀
**information** [͵ɪnfɚ`meʃən] (*n.*) 資料；資訊
**imagine** [ɪ`mædʒɪn] (*v.*) 想像
**robot** [`robət] (*n.*) 機器人
**observe** [əb`zɝv] (*v.*) 觀察；看到
**human** [`hjumən] (*n.*) 人類

My own answer

MP3 027

# How do you respond to challenges?

你如何面對挑戰？

## 研 有力簡答

I believe my own **thoughts shape** my world, so whenever I **encounter** challenges, I think **positively** and focus on **figuring out** solutions.

我相信我的想法決定我的世界，所以每當我遇到挑戰時，我都會積極思考並專注於找出解決方案。

## 研 深入詳答

I encounter different difficulties in school **from time to time**. As a more **active** person, I prefer to take **immediate action** to **solve** problems. Instead of **wasting** time feeling sorry for myself, I always ask myself what I can do next. I respond to challenges quickly by immediately thinking about possible solutions to the difficulties I face.

我在學校不時也會遇到困難。身為比較積極的人，我喜歡立即採取行動解決問題。與其浪費時間感到難過，我反而總是問自己下一步我該怎麼做？我透過立即思考可能的解決方案來快速應對挑戰。

## 職 深入詳答

Well, I take a deep breath and take some time to consider the **worst-case scenario**. This is important because it helps me figure out my next steps. Also, instead of trying to **sort things out** myself, I **consult** my team members and supervisors. They have **valuable insights** and can give me different points of view. I think consulting my team increases my chances of effectively dealing with the situation.

嗯，我會深呼吸冷靜下來，花點時間想想最壞的情況會是怎樣。這很重要，因為如此能幫助我弄清楚下一步該做什麼。此外，與其自己獨自嘗試解決問題，我會向團隊成員和主管諮詢對策。他們寶貴的意見可給我不同的觀點。我認為跟團隊討論可協助我有效應變狀況。

## Tips 面試一點通！

不論學術界或職場，發生突發狀況並非罕見，重要的是遇到問題後的態度。記得之前曾聽老師說過“Do you want to sit there crying? Or do something?”。當然，遇到問題時，“do something”便是。回答此題時，記得要掌握兩大重點：「從困難中學習經驗」和「盡力想辦法解決」。

## 實用句型

**I always ask myself ...**

我總是問自己……

例 I always ask myself what else I can do to help people in need.

我總是問自己「我還能做些什麼來幫助有需要的人？」。

## 好用字量

**thought** [θɔt] (*n.*) 想法；思考
**shape** [ʃep] (*v.*) 塑造；形成
**encounter** [ɪn`kaʊntɚ] (*v.*) 遇到（困難、危險等）
**positively** [`pɑzətɪvlɪ] (*adv.*) 正向地
**figure out** 想出；找出
**from time to time** 有時；偶爾
**active** [`æktɪv] (*adj.*) 活躍的；積極的
**immediate** [ɪ`midɪɪt] (*adj.*) 立即的
**action** [`ækʃən] (*n.*) 行動；行為
**solve** [sɑlv] (*v.*) 解決
**waste** [west] (*v.*) 浪費
**worst-case** [`wɜstkes] (*adj.*) 最糟情況的
**scenario** [sɪ`nɛrɪ.o] (*n.*) 情節；劇本
**sort out** 解決問題
**consult** [kən`sʌlt] (*v.*) 諮詢；商量
**valuable** [`væljuəbl̩] (*adj.*) 貴重的；有用的
**insight** [`ɪn.saɪt] (*n.*) 洞察力；深刻見解

My own answer

MP3 028

# What do you do when you're having trouble solving a problem?

解決問題時若遇到困難，你會怎麼做？

## 研 有力簡答

When I've got trouble solving a problem in the **lab**, the first thing I do is consult with my professor for suggestions. Together we can usually figure out how to **modify** the **procedures** to complete the **experiment**.

當我在實驗室遇到難題時，我做的第一件事就是向我的教授諮詢建議。通常我們能一起找出修正程序的方法以完成實驗。

## 研 深入詳答

Most of my friends try to **avoid** problems, but I think **obstacles** are actually necessary for self-improvement. So whenever I have difficulties solving a problem, I don't feel **discouraged**, but rather I keep a positive attitude and focus on finding solutions to the problem. I might search for information on the Internet or ask my **tutor** or professor for **assistance**, but my first **instinct** is always to deal with troubles **head-on**.

我大多數的朋友都想盡量避免問題，但實際上我認為障礙是自我提升所需。所以每當我無法解決問題時，我不會氣餒，而是保持積極的態度，並專注於尋找問題的解決方案。我可能會在網路上收集資料或向我的導師、教授尋求協助，不過我的第一直覺還是正面迎擊問題。

## 職 深入詳答

That's a good question. Well, when I'm having trouble solving a business problem, I would call for a meeting and **invite** my team members to brainstorm ideas together. For example, once I was assigned to come up with product **launch** strategies, but I was not satisfied with my **initial attempts**. So I shared my ideas and invited my colleagues to offer suggestions. By **putting our heads together**, we came up with some really creative ideas. I think teamwork is the key to solving all problems.

這是個好問題。嗯，當我在解決業務上的問題遇到困難時，我會召開會議並邀請團隊同仁一起腦力激盪。比方說，有一次我被指派規劃產品上市策略，但我對自己的初步提案不滿意，所以我就跟同事分享我的想法並徵求他們的建議。透過集思廣益，我們想出了相當有創意的點子。我認為團隊合作是解決所有問題的關鍵。

## Tips 面試一點通！

此題核心是評估應試者的解決問題力與抗壓性。遇到問題就退縮的人比比皆是，然而要在競爭激烈的學術領域／職場上嶄露頭角，必須有策略性地尋找妥適方案以應付問題，建議回應時要緊扣「不放棄」、「不斷嘗試」的方向較易獲得理想的評價。

## 實用句型

**When I have trouble [doing something], I ...**

〔做某事〕遇到困難時，我會……

例 When I have trouble finding directions, I use Google Maps for guidance.
當我找不到路時，我會使用 Google Maps 來導引。

## 好用字彙

**lab** [læb] (*n.*) 實驗室
**modify** [ˋmadəˏfaɪ] (*v.*) 修改
**procedure** [prəˋsidʒɚ] (*n.*) 程序；步驟
**experiment** [ɪkˋspɛrəmənt] (*n.*) 實驗
**avoid** [əˋvɔɪd] (*v.*) 避免；躲開
**obstacle** [ˋabstəkl̩] (*n.*) 障礙；妨礙
**discouraged** [dɪsˋkɜɪdʒd] (*adj.*) 灰心的
**tutor** [ˋtjutɚ] (*n.*) 家庭教師；輔導教師
**assistance** [əˋsɪstəns] (*n.*) 幫助
**instinct** [ˋɪnstɪŋkt] (*n.*) 本能；直覺
**head-on** [ˋhɛdˋan] (*adv.*) 正面地；直接地
**invite** [ɪnˋvaɪt] (*v.*) 邀請；徵求
**launch** [lɔntʃ] (*n.*) 發行；上市
**initial** [ɪˋnɪʃəl] (*adj.*) 最初的
**attempt** [əˋtɛmpt] (*n./v.*) 嘗試；試圖
**put heads together** 集思廣益

My own answer

MP3 029

## How do you deal with difficult classmates/ customers?

你如何應對難纏的同學／客戶？

### 研 有力簡答

Well, **dealing with** difficult classmates can be **upsetting**, so I would talk to friends about what happened. Talking about it with others helps me **release** my stress.

嗯，和難相處的同學打交道是會讓人心煩，所以我會和其他朋友談談所發生的事情。與他人討論可幫助我釋放壓力。

### 研 深入詳答

Well, I'm lucky since I **seldom** have to deal with difficult classmates. Okay, there are some difficult people in the class, but I always try to spend time with classmates who are **supportive** of me. I do have the choice to **stay away from** difficult people, right? So I simply focus on my friends and the things I enjoy.

我很幸運，因為我很少需要和難纏的同學打交道。嗯，班上是有一些難相處的人，但我盡量和互助的同學在一起。我的確可選擇遠離那種人，對吧？所以我就是專注在我的朋友和我喜歡的事情上。

### 職 深入詳答

Well, I do think that some customers are rather **impatient**. I mean they can't stand **waiting in a long line** and can't **tolerate** any **delays**. As a customer service representative, I would **inform** customers that **effort** is being **invested** in speeding things up, and customers usually can understand.

嗯，我確實認為有些顧客很沒耐心。我的意思是他們無法忍受排長隊，也不能容忍任何延誤。作為一個客服代表，我會告訴顧客我們正在努力加快速度了，顧客通常是可以理解的。

## Tips 面試一點通！

面試官詢問此題來瞭解應試者如何處理棘手的人際關係。認為無須與那些人有交集而選擇盡量避開者，可參考〔㊎深入詳答〕。然而若是求職面試，在職場上面對難纏的客戶可能就無法避不見面了，這種情況就請參考〔㊐深入詳答〕。

## 實用句型

**I do think that ...**

我真的認為……

例 I do think that the Wolf Team will win the competition.

我真的認為狼隊會贏得比賽耶！

## 好用字彙

**deal with** 對待；處理

**upsetting** [ʌpˋsɛtɪŋ] (*adj.*) 令人苦惱的

**release** [rɪˋlis] (*v.*) 釋放

**seldom** [ˋsɛldəm] (*adv.*) 不常；鮮少

**supportive** [səˋportɪv] (*adj.*) 支持的；給予幫助的

**stay away from** 遠離／避開某人事物

**impatient** [ɪmˋpeʃənt] (*adj.*) 不耐煩的

**wait in line** 排隊等候

**tolerate** [ˋtaləˌret] (*v.*) 忍受；容忍

**delay** [dɪˋle] (*n./v.*) 延遲；擔擱

**inform** [ɪnˋfɔrm] (*v.*) 告知

**effort** [ˋɛfət] (*n.*) 努力

**invest** [ɪnˋvɛst] (*v.*) 投入（時間、金錢等）

My own answer

MP3 030

## What skills would you like to learn?

你想學些什麼樣的技能？

### 研 有力簡答

I would really like to learn more about **effective** communication and **negotiation** skills. I think these soft skills are important especially in the **business** world.

我真的很想學習更多關於有效溝通和談判技巧的知識。我認為這些軟技能十分重要，尤其是在商業領域。

### 研 深入詳答

I **definitely** would like to learn more about how to communicate more effectively with others and how to more clearly **present** my ideas. I think these soft skills are **extremely** important, especially in graduate school. There will be opportunities for me to participate in team projects or present my **findings** in front of the class, so learning more about how to communicate and present well is one of my **priorities**.

我當然想瞭解更多如何有效與人溝通並清楚表達想法。我認為這些軟技能非常重要，尤其是在研究所裡。我將有機會參與團隊專題或在全班同學面前簡報我的研究成果，因此進一步瞭解溝通和做簡報的技巧是我的首要任務之一。

**Tips 面試一點通！**

在學校學習不是僅專注課本知識就好，還有很多其他的「軟技能」須培養，例如：人際溝通、簡報演說等。因此，若被問及打算進修什麼技能，不一定要很專業的學科技能，也可朝必備的軟技能方面討論。

## 實用句型

**There will be opportunities for [someone] to ...**

〔某人〕將來會有機會……

例 There will be opportunities for us to cooperate with business partners to generate unprecedented consumer demand.

我們將有機會與商業夥伴合作並創造前所未有的消費需求。

## 好用字量

**effective** [ɪˋfɛktɪv] (*adj.*) 有效的

**negotiation** [nɪˌgoʃɪˋeʃən] (*n.*) 談判；協商

**business** [ˋbɪznɪs] (*n.*) 商業；企業；生意

**definitely** [ˋdɛfənɪtlɪ] (*adv.*) 確實地；當然

**present** [prɪˋzɛnt] (*v.*) 呈現；提出

**extremely** [ɪkˋstrimlɪ] (*adv.*) 極度地；非常

**finding** [ˋfaɪndɪŋ] (*n.*) 調查／研究的結果

**priority** [praɪˋɔrətɪ] (*n.*) 優先考慮之事

My own answer

MP3 031

## What skills or qualities do you think are important in this major/position/job/etc.?

對此主修學科／職位／工作而言，你認為什麼技能或特質至關重要？

### 研 有力簡答

To do well in business **management** courses, I think critical thinking and problem-solving skills are **absolutely** necessary.

要學好企業管理，我認為批判性思考和解決問題的能力是不可或缺的。

### 研 深入詳答

In graduate school, I **expect** to read a wide **range** of **journal articles**, **analyze** information, and present my findings **publicly**, so **academic** writing and presentation skills are extremely important.

在研究所，我期望會讀到廣泛的期刊文章、分析資料並公開發表我的研究成果，因此學術寫作和簡報技巧非常重要。

### 職 深入詳答

To be a good **brand** strategist, I think a person should be creative, welcome challenges, and not be afraid of making mistakes. A brand strategist has **numerous** opportunities to interact with clients, so he or she must have good communication skills, be able to **conceptualize** ad ideas, and fulfill clients' demands. I believe I can **perform** this job well, since I'm innovative, and passionate about helping clients meet their business needs.

身為一個優秀的品牌策略師，我認為應該要有創造力、樂於接受挑戰、不怕犯錯。品牌策略師與客戶互動的機會很多，因此必須具備良好的溝通能力，能將廣告創意概念化並滿足客戶的需求。我相信我能很好地執行這份工作，因為我富有創新精神，並且熱衷於協助客戶滿足他們的業務需求。

## Tips 面試一點通！

在準備此題的同時，剛好也是給應試者一個機會檢視自己是否具備將工作做好所需的能力。然而，即使此時此刻某種能力較薄弱也沒關係，重點是務必於應答中強調自己今後會不斷追求新知並精進學習所需技能，以達成研究／工作目標。

## 實用句型

**To [do something], [skill] and [skill] are necessary.**

要〔做某事〕，〔某技能〕和〔某技能〕是必要的。

例 To win the competition, an effective game plan is absolutely necessary.

要贏得比賽，有效的戰術策略是必要關鍵。

## 好用字彙

**management** [ˋmænɪdʒmənt] (*n.*) 管理；經營
**absolutely** [ˋæbsə͵lutlɪ] (*adv.*) 絕對地
**expect** [ɪkˋspɛkt] (*v.*) 期待；預期
**range** [rendʒ] (*n.*) 範圍；種類
**journal** [ˋdʒɝnl] (*n.*) 期刊
**article** [ˋartɪkl] (*n.*) 文章
**analyze** [ˋænḷ͵aɪz] (*v.*) 分析
**publicly** [ˋpʌblɪklɪ] (*adv.*) 公開地
**academic** [͵ækəˋdɛmɪk] (*adj.*) 學術的
**brand** [brænd] (*n.*) 品牌
**numerous** [ˋnjumərəs] (*adj.*) 大量的
**conceptualize** [kənˋsɛptʃuəl͵aɪz] (*v.*)（使）概念化
**perform** [pɚˋfɔrm] (*v.*) 執行；完成；演出

My own answer

MP3 032

# What research topics are you most interested in?

你對什麼研究主題有興趣？

## 研 有力簡答

I'm most interested in exploring topics **related** to artificial intelligence, as I believe it's a **tool** that will transform the way people interact with the world.

我對探索與人工智慧相關的主題十分感興趣，因為我相信它是一種將改變人們與世界互動方式的工具。

## 研 深入詳答

One research **topic** I'm interested in is music **therapy**. People may think that listening to music just makes them feel **calm** or relaxed, but in fact, music therapy is more complex than that. I've reviewed some journal articles and learned that music helps **distract** people from **stimuli** that may **cause negative** emotions, including pain and anxiety. Well, I'd like to do research on this topic and **investigate** how music therapy can help people suffering from **depression**.

我感興趣的研究主題之一是音樂療法。大家可能會認為聽音樂只是讓人感到平靜、放鬆，但實際上，音樂療法比這更複雜。我讀過一些期刊文章，瞭解到音樂有助於分散人們對可能導致負面情緒（包括疼痛和焦慮）刺激的注意力。我想針對這個主題做研究，探查音樂療法如何幫助憂鬱症患者。

## Tips 面試一點通！

研究所除了修課之外，最重要的里程碑自然就是要針對一主題研究並產出一篇論文了。此題非常明確就是想瞭解申請者的未來研究方向，若已有目標或方向便可據實以告；若尚未決定，也可說在修課期間會多與教授討論，並找出適合且自己有興趣的主題。

## 實用句型

**One research topic I'm interested in is ....**

我有興趣的研究主題是……。

例 One research topic I'm interested in is the relationship between children's brain development and their acquisition of language.

我感興趣的研究主題是兒童大腦發育與語言習得之間的相關性。

## 好用字彙

**relate** [rɪ`let] (*v.*) 有關；涉及
**tool** [tul] (*n.*) 工具；用具
**topic** [`tapɪk] (*n.*) 主題；話題
**therapy** [`θɛrəpɪ] (*n.*) 治療；療法
**calm** [kam] (*adj.*) 安穩的；冷靜的
**distract** [dɪ`strækt] (*v.*) 轉移；分散
**stimulus** [`stɪmjələs] (*n.*) 刺激物（複數形為 stimuli [`stɪmjəlaɪ]）
**cause** [kɔz] (*v.*) 導致；引起
**negative** [`nɛgətɪv] (*adj.*) 負面的；消極的
**investigate** [ɪn`vɛstə͵get] (*v.*) 調查；研究
**depression** [dɪ`prɛʃən] (*n.*) 沮喪；憂鬱症

My own answer

MP3 033

## What topics or assignments have you found especially intriguing?

你認為什麼主題或作業特別有趣？

### 研 有力簡答

As a business major, I'm especially interested in exploring **consumer** behavior, especially the **factors** that influence people's **purchasing** decisions.

我主修商管，我對探索消費者行為特別感興趣，尤其是影響人們購買決定的因素。

### 研 深入詳答

I'm **particularly** interested in learning all **aspects** of **digital marketing**. Some topics that really interest me include comparing **various** digital marketing strategies, analyzing social **media** strategies for **online** shopping, and investigating consumer **perceptions** toward online **promotional** activities. Even though I've studied quite a bit about digital marketing, I still want to **master** this **space** through working on practical experiments and projects.

我對學習數位行銷的各方面都很有興趣，特別吸引我的一些主題包括比較各種數位行銷策略、分析網路購物的社群媒體策略，以及調查消費者對線上促銷活動的看法。儘管我已經研究了很多關於數位行銷的資訊，但我仍想透過實驗和專題來對這個領域有更精進的知識。

## Tips 面試一點通！

在科技發達的現代，教師指派的作業也跳脫考試或抄抄寫寫的框架了，取而代之的是整合科技讓同學做多模態的演練。若被問到自己感興趣的主題或作業為何，不妨回答須實際操作且又結合科技工具的項目，比方說：錄影片上傳至 YouTube，或寫廣告文案上傳到 Padlet 等，如此可向面試官加強自己對多元主題皆感興趣、並且不排斥新科技的正面印象。

## 實用句型

**As a ... major, I'm especially interested in ....**

我主修……，對……特別有興趣。

例 As an English major, I'm especially interested in exploring the influences American literature has had on American culture as a whole.

我主修英語，對研究美國文學對整個美國文化的影響深感興趣。

## 好用字彙

**consumer** [kən`sjumɚ] (*n.*) 消費者
**factor** [`fæktɚ] (*n.*) 因素
**purchase** [`pɝtʃəs] (*v.*) 購買
**particularly** [pɚ`tɪkjələlɪ] (*adv.*) 特別；尤其
**aspect** [`æspɛkt] (*n.*) 方面；部分
**digital** [`dɪdʒɪtl̩] (*adj.*) 數位的
**marketing** [`markɪtɪŋ] (*n.*) 行銷
**various** [`vɛrɪəs] (*adj.*) 各式的；不同的
**media** [`midɪə] (*n.*) 媒體
**online** [`an͵laɪn] (*adj./adv.*) 線上的／在線上
**perception** [pɚ`sɛpʃən] (*n.*) 看法；感知
**promotional** [prə`moʃənl̩] (*adj.*) 促銷的
**master** [`mæstɚ] (*v.*) 精進；掌握技巧
**space** [spes] (*n.*) 空間

My own answer

## Q34

MP3 034

# What kind of community service do you do?

你有參與什麼社區服務嗎？

### 研 有力簡答

I participate in all kinds of **community services** really. For example, I volunteer at a **local** library in my **neighborhood**, and **host** a **book club** for children.

我有參加各種社區服務。例如，我在家附近的地區圖書館當志工，並為兒童組了一個讀書會。

### 研 深入詳答

I've participated in several community service projects. I used to volunteer at a local library in my neighborhood. And now I'**m involved in** children's **charity** work, such as visiting children in the hospital and reading stories to them. I believe community service is the most effective strategy to give back to our **society**.

我參與過多個社區服務專案。我曾在我家附近的地區圖書館當志工。現在我則是投身兒童慈善工作，比如去醫院探望孩子，講故事給他們聽。我相信做社區服務是回饋社會的最好方式。

### Tips 面試一點通！

此題旨在瞭解同學除課業、考試外，是否也關心周遭生活的人事物。目前台灣高中生也有「社區服務時數」的要求，不失爲參與社區服務和體驗職場工作的好機會，申請者若有類似的經驗與心得更可在面試時加以述說，往往會有加分效果。

## 實用句型

**I believe ... is the most effective strategy to ....**

我相信……是……的最有效策略。

例 I believe expanding international markets is the best way to increase company profits.

我相信擴展國際市場是讓公司增加營收的最佳途徑。

## 好用字彙

**community** [kə`mjunətɪ] (*n.*) 社區

**service** [`sɜvɪs] (*n.*) 服務

**local** [`lokl̩] (*adj.*) 當地的；本地的

**neighborhood** [`nebɚ͵hʊd] (*n.*) 鄰近地區；街坊

**host** [host] (*v.*) 主持；主辦；招待

**book club** 讀書會

**be involved in** 熱衷；參與

**charity** [`tʃærətɪ] (*n.*) 慈善

**society** [sə`saɪətɪ] (*n.*) 社會

My own answer

MP3 035

# Could you talk about a memorable experience from a community service project that you participated in?

你能否談談你做過的社區服務專案中有什麼難忘的經驗？

## 研 有力簡答

I've worked on **several** community service projects, but the most **memorable** one was reading story books to children at a local library in my neighborhood. When I saw them smile, my heart **melted**.

我曾服務過幾個社區專案，最難忘的一次是在我家附近的地區圖書館講故事給孩子們聽。當我看到他們微笑時，我的心都融化了。

## 研 深入詳答

I worked on several service projects actually, including cleaning the streets near my school, interacting with the aged, and sending meals to the **homeless**. I remembered one time when I gave a sandwich to a homeless woman, she kept saying thank you to me. The experience taught me to appreciate what I have, and now I am just **grateful** for having participated in such a **meaningful** service project.

我實際做過幾個服務專案，包括清掃學校附近的街道、與長者們互動以及為街友送餐。記得有一次我將三明治給了一個無家可歸的女子，她一直對我說「謝謝」。這段經驗教會了我珍惜我所擁有的，現在我很感恩能參與這種富有意義的服務專案。

## Tips 面試一點通！

當被問到此題時，許多人的回答往往會不小心演變成流水帳。切記，挑選單一最有意義的事件，描述自己的認知、感受與習得的經驗即可。

### 實用句型

**The experience taught me ...**

由此經驗我學到……

例 The experience taught me that diligence is the key to success.

這個經驗讓我瞭解到勤奮就是成功的關鍵。

### 好用字量

**several** [ˋsɛvərəl] (*adj.*) 幾個的；數個的

**memorable** [ˋmɛmərəbḷ] (*adj.*) 記憶深刻的

**melt** [mɛlt] (*v.*) 融化

**homeless** [ˋhomlɪs] (*adj.*) 無家可歸的

**grateful** [ˋgretfəl] (*adj.*) 感激的

**meaningful** [ˋminɪŋfəl] (*adj.*) 有意義的

My own answer

# Q36

## How has participating in community service changed your perception of the role of the individual in the community?

參與社區服務如何改變了你對個人在社會中角色的看法？

### 研 有力簡答

Through taking part in community service projects, I feel I can give back and become closer to the people in the community where I live.

透過參與社區服務專案，我覺得我可以回饋社會並與我所居住的社區人士更加親近。

### 研 深入詳答

I believe helping people in need **inspires** happiness, so the more community service projects I participate in, the happier I feel. Through volunteering, I not only **broaden** my perspective, but more importantly, I also understand the needs of the society and the stories of the people I'm trying to help. I believe even students can make a difference and transform our society into a better place for everyone.

我相信幫助有需要的人會激發快樂感，參與的社區服務專案越多，我就感到越快樂。透過志工服務，我不僅開闊了視野，更重要的是，我還瞭解了社會的需求和弱勢者的故事。我相信即使是學生也能有所作為，將我們的社會變成一個更宜居的地方。

### Tips 面試一點通！

人是群居的動物，本就無法離群索居。因此在回答此題時，可朝著「人與人」或「人與社會」之間的緊密關係切入，再提及自身可發揮的影響力。

## 實用句型

**The more ..., the more ...**

越……，就會越……

例 The more you practice, the more confident you'll feel.

你練習得越多，就會越有自信。

## 好用字量

**inspire** [ɪn`spaɪr] (*v.*) 激發；鼓舞

**broaden** [`brɔdn] (*v.*)（使）變寬闊；拓展

My own answer

MP3 037

# How do you evaluate success?

你如何評斷成功？

## 研 有力簡答

As a student, I think being **successful** is **simply** a matter of trying hard and completing all assigned tasks and projects.

身為學生，我認為成功就是努力嘗試完成所有指派的學習任務和專題。

## 研 深入詳答

Well, the **definition** of **success** is different for everyone, so there's no **single** best way to **measure** success. But for me, being successful means **devoting** myself 100% to all of the assigned tasks and projects. Whenever I finish an assignment or a presentation and I know I've done my best, I have a sense of **achievement** and I feel that I'm successful.

嗯，成功的定義因人而異，所以沒有單一的最佳方式來衡量成功。但對我來說，成功就是付出百分之百的努力來完成學校指派的所有學習任務和專題。每當我盡最大努力完成一項作業或一次簡報時，我就會有成就感，覺得自己很成功。

## 職 深入詳答

That's a question that I often think about. For me, being successful is **attaining** the goals I have set for myself. In the workplace, success means completing my work in the most **efficient** and **productive** way possible and within the **stipulated** time period.

這個問題我也時常在思考。對我來說，成功就是實現我給自己設定的目標。在職場上，成功意味著我在規定的時間內以最有效率和最有成效的方式完成工作。

## Tips 面試一點通！

有人認爲名利雙收才稱得上是成功，有人則覺得照顧好家庭就算成功；不論自己對成功的認知爲何，在求職面試場合，仍應掌握兩大要點：「和專業領域有直接關係」與「達成稍具挑戰的目標」。若回答「人生快樂就是成功」等語，不但過於抽象，且也跟申請學校或求職顯得並無關聯，容易導致面試官給予較不理想的評價。

### 實用句型

**It is/was ... that ...**

正因為……才……

例 It was Mr. Lin's effective strategies that really helped the company win the contract.

就是林先生提的有效策略才幫公司贏得這紙合約。

### 好用字彙

**successful** [sək`sɛsfəl] (*adj.*) 成功的
**simply** [`sɪmplɪ] (*adv.*) 簡直；僅僅
**definition** [ˌdɛfə`nɪʃən] (*n.*) 定義
**success** [sək`sɛs] (*n.*) 成功
**single** [`sɪŋgl̩] (*adj.*) 單一的
**measure** [`mɛʒɚ] (*v.*) 測量
**devote** [dɪ`vot] (*v.*) 奉獻
**achievement** [ə`tʃivmənt] (*n.*) 達成；成就
**attain** [ə`ten] (*v.*) 達到；實現
**efficient** [ɪ`fɪʃənt] (*adj.*) 效率高的
**productive** [prə`dʌktɪv] (*adj.*) 富有成效的
**stipulate** [`stɪpjəˌlet] (*v.*) 規定

My own answer

MP3 038

## What is art to you? Why does art matter?

對你來說什麼是藝術？藝術的重要性為何？

### 研 有力簡答

For me, art is a special way for people to **express** their thoughts and emotions. It's important because it **allows** people to **share** their **feelings** about the world.

對我來說，藝術是一種讓人們表達自己的想法與情感的特殊方式。藝術很重要，因為它讓人們得以分享自身對世界的感受。

### 研 深入詳答

Some people might consider art rather **abstract** and hard to understand, but for me, art is just a way for people to share their **desires** and ideas. I think art really **matters** to me because I myself also enjoy painting a lot, especially when I want to communicate **intimate concepts** that can't really be **described** by words or language alone.

有些人可能會認為藝術相當抽象，難以理解，但對我來說，藝術就是人們用來分享欲望和想法的一種方式。藝術對我而言真的很重要，因為我自己也很喜歡繪畫，尤其是當我想傳達無法單用文字或語言描述的內心思想時。

### Tips 面試一點通！

就筆者指導學生的經驗而言，大多數人通常在描述「明確實體」上問題不大，但在討論「模糊的抽象概念」方面則不甚熟悉。回答此題的策略是將抽象的概念與自身經驗連結，將之具體化來表達，讓聽者更容易理解。

## 實用句型

**Some people might consider…, but I think…**

有些人或許會認為……，但我想……

例 Some people might consider learning English a waste of time, but I think it's necessary and interesting.

有些人可能會認為學英文浪費時間，但我認為有必要且還蠻有趣的。

## 好用字彙

**express** [ɪk`sprɛs] (*v.*) 表達；陳述
**allow** [ə`laʊ] (*v.*) 允許；使有可能
**share** [ʃɛr] (*v.*) 分享
**feelings** [`filɪŋz] (*n.*) 感情（複數形）
**abstract** [`æbstrækt] (*adj.*) 抽象的
**desire** [dɪ`zaɪr] (*n.*) 欲望；渴望
**matter** [`mætə] (*n./v.*) 事情／有重要性
**intimate** [`ɪntəmɪt] (*adj.*) 親密的；私人的
**concept** [`kansɛpt] (*n.*) 概念；思想
**describe** [dɪ`skraɪb] (*v.*) 描述

My own answer

MP3 039

## Tell me why you are the best candidate for this position? Why should we hire you?

為何你是此職位的最佳人選？我們為何要雇用你？

### 職 深入詳答

I believe I'm the best **candidate** because I have **sufficient** sales experience, and have an **outstanding record** of sales in my previous companies. Also, I have **excellent** communication skills and I've benefited a lot from **extensive** sales training. The most important reason is that I speak both Chinese and English fluently so I can **certainly** help you **expand** into more international markets.

我相信我是最佳人選，因為我有足夠的銷售經驗，並且在前公司有傑出的業務成績。此外，我也具備優秀的溝通技巧，並受過全面的銷售訓練。最重要的是，我的中英文流利，一定能幫助貴公司開拓國際市場。

### Tips 面試一點通！

企業招募不會僅與一兩位面試，而是可能安排與數十位應徵者面談，因此你要在數十位競爭對手中給面試官留下深刻印象的話，就要時時把握機會推銷自己，被問及此題正是重申自己優點的絕佳機會，可針對自身強項再補充說明一次。

### 實用句型

**I believe I'm the best candidate because ...**

我相信我是最佳人選，因為……

例 I believe I'm the best candidate because I have the passion and skills necessary for the job.

我相信我是最佳人選，因為我具備此職務必備的熱情和技能。

## 好用字彙

**candidate** [ˋkændədet] (*n.*) 應試者；應徵者

**sufficient** [səˋfɪʃənt] (*adj.*) 足夠的；充分的

**outstanding** [ˋaʊtˋstændɪŋ] (*adj.*) 出眾的

**record** [ˋrɛkəd] (*n./v.*) 紀錄；成績 / 錄製

**excellent** [ˋɛksḷənt] (*adj.*) 優秀的

**extensive** [ɪkˋstɛnsɪv] (*adj.*) 廣泛的；大量的

**certainly** [ˋsɝtənlɪ] (*adv.*) 必定；確實

**expand** [ɪkˋspænd] (*v.*) 拓展

My own answer

Q40 MP3 040

## What would you like the admissions office to know that might not appear in your application?

除了申請表中的資料，你有想補充讓招生組更瞭解你的事項嗎？

### 研 有力簡答

I would like to emphasize my achievements on my school **debate** team. I was the leader and **led** the team to win more than ten debate **competitions**.

我想強調一下我在學校辯論隊的成就。我是隊長，帶領團隊贏得了十餘場辯論賽。

### 研 深入詳答

I would like to share with you more about my achievements as the leader of my school debate team. I was responsible for planning our **arguments** and **marshaling evidence** to **support** our **claims** rather than simply **refuting** our **opponents blindly**. This experience has helped me not only improve my public speaking **abilities**, but also my critical thinking and research skills.

我想與您分享更多關於我在學校辯論隊擔任隊長的成就。我負責規劃論點並收集證據來支持我們的主張，而不是盲目地反駁對手。這段經歷不僅幫助我提升了公開演說的表達能力，還協助我加強了批判性思考和研究能力。

### Tips 面試一點通！

面試進行到最後，若尚有須補充的自我行銷點可藉此機會好好闡述。就筆者觀察，台灣的學生大都偏內向而不喜展現，但在競爭激烈的甄選場合，適時突顯個人特質是必要的，因此若被問到這題，應多說明而不要放棄！

## 實用句型

**I was the ... and responsible for ....**

我是……，負責……。

例 I was the project leader and responsible for developing strategies to increase product awareness.

我是專案組長，負責制定增加產品知名度的策略。

## 好用字彙

**debate** [dɪˋbet] (*n.*) 辯論

**lead** [lid] (*v.*) 引導；領導

**competition** [ˏkampəˋtɪʃən] (*n.*) 競爭；比賽

**argument** [ˋargjəmənt] (*n.*) 論據；論點

**marshal** [ˋmarʃəl] (*v.*) 列舉；整理

**evidence** [ˋɛvədəns] (*n.*) 證據

**support** [səˋport] (*v.*) 支持；支援

**claim** [klem] (*n.*) 主張；聲稱

**refute** [rɪˋfjut] (*v.*) 反駁

**opponent** [əˋponənt] (*n.*) 對手；敵手

**blindly** [ˋblaɪndlɪ] (*adv.*) 盲目地

**ability** [əˋbɪlətɪ] (*n.*) 能力

My own answer

NOTES

# Part 3

## 關於過去求學與工作的問題：表現／經驗

## Questions about Education and Previous Work: Performance/Experience

MP3 041

## What is a highlight of your university experience? Is there something that stands out? Something you'll never forget?

你大學生涯中的亮點是什麼？有什麼突出或難以忘懷的事嗎？

### 研 有力簡答

Working **part-time** as a tutor while going to school was a **highlight** of my university life. I learned how to balance my studies with working, and the best part was I didn't have to live on a **strict budget**.

一邊上學一邊打工做家教是我大學生活的一大亮點。我學會如何在課業與工作之間取得平衡，而最棒的部分是有收入之後我便不必拮据度日了。

### 研 深入詳答

One of the most memorable parts of my university experience was the **internship** I did in the summer of my **senior** year at Microsoft Taiwan in their marketing **division**. During that period, I **gained** some **real-life** work experience and, most importantly, made some **awesome** friends. The experience with Microsoft Taiwan really helped me build my **CV**.

我大學時最難忘的部分是我大四那年夏天在台灣微軟行銷部的實習經驗。在那段期間，我獲得了實際的工作經驗，更重要的是，還結交了一些很棒的朋友。在台灣微軟的經驗真的讓我的履歷增色不少。

### Tips 面試一點通！

身為學生不代表全部的時間都只能用來讀書和考試，很多同學也有參與課外活動、培養興趣、兼差取得工作經驗等規劃。此題問的正是求學生涯中除了埋首於書堆之外有什麼亮點，仔細回顧一下自己在大學期間是否有過什麼特別的經歷，搭配以下的句型整理出自己的答案吧！

## 實用句型

**[Doing something] was a highlight of my university life.**

〔做某事〕是我大學生活的亮點。

例 Participating in different extracurricular activities was a highlight of my university life.

參與不同的課外活動是我大學生活的一大亮點。

## 好用字彙

**part-time** [ˋpartˋtaɪm] (*adv.*) 兼職
**highlight** [ˋhaɪ͵laɪt] (*n.*) 最突出／最精彩的部分
**strict** [strɪkt] (*adj.*) 嚴格的
**budget** [ˋbʌdʒɪt] (*n.*) 預算；生活費
**internship** [ˋɪntɜn͵ʃɪp] (*n.*) 實習職位
**senior** [ˋsinjɚ] (*n.*) 大四生
**division** [dəˋvɪʒən] (*n.*) 公司部門
**gain** [gen] (*v.*) 取得；獲得
**real-life** [rilˋlaɪf] (*adj.*) 現實生活的
**awesome** [ˋɔsəm] (*adj.*) 好極的
**CV = curriculum vitae** 個人履歷

My own answer

MP3 042

# Can you remember a really great discussion from your English class?

你記得在英語課堂上曾有過什麼非常精彩的討論嗎？

## 研 有力簡答

I remember our English teacher asked students to analyze a business **case** study. She wanted us to identify problems and propose solutions. The **discussion** was great because I learned a lot from others' **contributions**.

我記得我們的英文老師請學生分析一個商業案例，找出問題並提出解決方案。我認為那場討論很棒是因為我從其他同學的看法中學到了不少見解。

## 研 深入詳答

My English teacher in high school **conducted** a debate among students about whether **mobile devices** should be allowed in classrooms. I thought the discussion was fantastic because we had the opportunity to develop our own views and had the space to explore arguments at our own pace. My teacher emphasized that it didn't really matter which team won the debate, but that we all improved our English listening, speaking, and critical thinking skills.

我的高中英文老師曾帶領我們就「是否應允許在課堂上使用電子產品」之議題進行了辯論。我對那次的討論印象深刻，因為同學有機會發表自己的意見，並有空間按照自己的節奏探索各種論點。老師強調，哪支隊伍贏得辯論並不重要，重要的是所有學生都能藉此機會加強英語聽力、口語表達和批判性思考等技巧。

## Tips 面試一點通！

研究所課堂上極度注重討論和發表意見，但也不是自己有講就算，更重要的是，要仔細聆聽他人的見解並理解後與自己的看法做比較或整合。在課堂討論中和其他同學就不同角度交換意見的機會是頗爲珍貴且重要的。

### 實用句型

**The discussion/talk/speech was great because ...**

那場討論／談話／演講真的很棒，因為……

例 The speech was inspiring because I could even hear the speaker's passionate energy.

那場演講相當鼓舞人心，因為我甚至能聽到講者充滿激情的能量。

### 好用字彙

**case** [kes] (*n.*) 實例

**discussion** [dɪˋskʌʃən] (*n.*) 討論

**contribution** [ˌkɑntrəˋbjuʃən] (*n.*) 貢獻

**conduct** [kənˋdʌkt] (*v.*) 引領；處理

**mobile** [ˋmobəl] (*adj.*) 移動式的

**device** [dɪˋvaɪs] (*n.*) 設備；裝置

My own answer

MP3 043

# Do you prefer to take distance-learning courses on the computer or take courses with a teacher in a classroom?

你偏好使用電腦上遠距課程，還是跟老師在教室內上課？

## 研 有力簡答

I prefer to take online courses using my iPad. This is because instead of traveling back and forth between home and school, I can **save** time and study at my **convenience**.

我比較喜歡用 iPad 上線上課程。因為這樣我就不必通勤來回奔波，以便節省時間選擇自己最方便的時候隨時學習。

## 研 深入詳答

Taking distance-learning courses is a better **choice** for me, since I prefer to study online and watch recorded **lectures** at my own pace. In addition, I like to participate in discussions in online **forums** and exchange ideas with other classmates. The latest e-learning tools offer us **limitless access** to **relevant** courses and great **flexibility**—all benefits that might not be available in **traditional** classrooms.

上遠距課程對我來說是不錯的選擇，因為我比較喜歡在線上學習，並依自己的步調觀看預錄的課程影片。另外，我也喜歡參與線上論壇的討論，與其他同學交流想法。近來很多新穎的線上學習工具為學生提供了相關課程無限制的參與機會和極大的靈活度——這些優點應該是傳統課堂所沒有的。

## Tips 面試一點通！

線上課程打破了時空的限制，讓學員不限時間、地點皆可透過各種電子設備上網聽課。針對此題並沒有最佳答案，完全取決於個人偏好。但不論選擇爲何，申請者必須瞭解一個重點：研究所課程並非聽課與考試就好，與其他同學討論與交換意見也是重要的一環，因此回答時務必提及自己非常樂意參與小組討論並貢獻想法喔！

### 實用句型

**Instead of [doing something], I can ...**

與其〔做某事〕，我可以……

例 Instead of taking a vacation, I can take extra courses during the summer break.

暑假期間與其去休假，我反而願意修習額外的課程。

### 好用字彙

**save** [sev] (*v.*) 節省；儲存

**convenience** [kən`vinjəns] (*n.*) 便利性

**choice** [tʃɔɪs] (*n.*) 選擇

**lecture** [`lɛktʃɚ] (*n.*) 授課；講課；訓話

**forum** [`forəm] (*n.*) 討論區

**limitless** [`lɪmɪtlɪs] (*adj.*) 無限制的

**access** [`æksɛs] (*n./v.*) 接近；進入／存取

**relevant** [`rɛləvənt] (*adj.*) 有關的

**flexibility** [ˌflɛksə`bɪlətɪ] (*n.*) 彈性

**traditional** [trə`dɪʃənl̩] (*adj.*) 傳統的

My own answer

MP3 044

## What activities were you involved in outside of the classroom? What is your favorite activity outside the classroom?

**你參與過哪些課外活動？你最喜歡的課外活動是什麼？**

### 研 有力簡答

I do **gardening** with my **parents** after school. We have a small **yard** behind my house and I enjoy **planting** flowers there. I don't mind getting my hands a little dirty.

放學後我會和父母一起做園藝。我家後面有一個小院子，我喜歡在那裡種花。我不介意把手弄得髒髒的就是了。

### 研 深入詳答

I actually enjoy spending time in the shopping mall in my neighborhood. I don't shop for anything myself, but I like to watch the **shoppers** and observe what they wear and what they buy. Observing people and their behaviors is really interesting and helps me understand people and the **market** better.

我喜歡去逛我家附近的購物中心。就算沒有要買什麼東西，但我倒是挺喜歡觀察購物人潮，看他們穿些什麼、買些什麼。觀察人們的行為真的很有趣，並有助於我瞭解客戶和市場。

### Tips 面試一點通！

學生在校學習不應只是爲了讀書和應付考試，也應利用閒暇時間培養興趣或技能，此題正可問出申請者在課外喜歡做的活動。回答時不一定要說跟課業直接相關的，若有令人耳目一新的回應會更引人注意，比如之前筆者曾聽聞有同學回答說他喜歡劍道，也是不錯的例子。

## 實用句型

**I don't mind [doing something].**

我不介意〔做某事〕。

例 I don't mind taking extra courses during summer break.

我不介意在暑假期間修習額外的課程。

## 好用字彙

**gardening** [ˋgardnɪŋ] (*n.*) 園藝

**parents** [ˋpɛrənts] (*n.*) 父母（複數形）

**yard** [jard] (*n.*) 院子

**plant** [plænt] (*v.*) 栽種

**shopper** [ˋʃapɚ] (*n.*) 購物者

**market** [ˋmarkɪt] (*n.*) 市場

My own answer

## Q45

MP3 045

# Is there anything that you would change about your university experience?

你有想改變大學生涯的什麼部分嗎？

### 研 有力簡答

I was **pretty** happy with my university life really, but if I could do it over again, I **probably** would take more **programming** courses.

其實我對我的大學生活已感到相當滿意了，但如果真的能重來的話，我可能會想修習更多程式設計方面的課程。

### 研 深入詳答

As a business major, I really enjoyed taking all of the marketing and business management courses that were offered. But recently I've found that I have **talent** for programming. I really enjoy writing **code** to analyze business information and solve problems. So I wish I would have taken more programming courses when I was still in university.

我主修商管，因此我非常喜歡參加所有市場行銷和企業管理相關的課程。不過最近，我發現自己也有寫程式方面的興趣。我很喜歡寫程式來分析業務資訊和解決問題。所以，我還真希望我在大學時期就有多修些程式撰寫的課程。

### Tips 面試一點通！

對報考研究所的同學而言，其實大學生涯可以說是過完了，就算想要改變什麼看來也是無法，不過倒是可以放眼未來，想想之前在學時想達成什麼卻未實現，整理一下思緒便可回答自己「在將來兩年內會想辦法達到目標」，這樣的精神正是研究生必備的特質。

## 實用句型

**I wish I could ...**

我希望我可以……

例 I wish I could help you with your term project.

我還真希望我能幫你做期末專題。

## 好用字彙

**pretty** [ˋprɪtɪ] (*adv.*) 相當；頗

**probably** [ˋprɑbəblɪ] (*adv.*) 或許；很可能

**programming** [ˋprogræmɪŋ] (*n.*)【電腦】程式設計

**talent** [ˋtælənt] (*n.*) 天分；才能

**code** [kod] (*n./v.*) 代碼；程式碼 / 編碼

My own answer

MP3 046

# Do you think university students, regardless their majors, should take public speaking courses?

你認為大學生不論主修為何，都應該要修公開演說課程嗎？

## 研 有力簡答

Yes, I do think it's necessary for university students to take public speaking courses. With effective presentation skills, students are able to more effectively present their research papers in school and it helps prepare them for work after **graduation**.

是的，我認為大學生有必要上簡報演說課程。憑藉專業到位的演講技巧，學生能夠做出高品質的研究論文簡報，這也有助於讓他們為畢業後就業做好準備。

## 研 深入詳答

Absolutely. I **major** in computer science and I've taken public speaking courses. I think public speaking helps university students **fully** develop their problem-solving skills. I remember one time when I was presenting my ideas in the class. I **suddenly** forgot a part of my **speech**. Instead of **panicking**, I was able to take a deep breath, **recall** my presentation **outline**, and complete my talk. I was able to do this **as a result of** the training I **received** in one of my public speaking courses. Having a lot of public speaking practice has really given me a lot of confidence.

完全同意。我主修電腦科學，也有上過簡報演說課程。我認為演說課程可協助大學生培養出解決問題的能力。記得有一次我在課堂上做簡報時，突然忘記了簡報中的某個要點。我沒有因此而驚慌失措，而是深呼吸冷靜下來回想簡報大綱，並順利地完成了報告。我之所以能夠辦到這一點，要歸功於我在簡報演說課程中所受的訓練。大量的簡報演說練習真的幫我提高了自信心。

## Tips 面試一點通！

說到做簡報的能力，不論在學界或各種產業都已被視爲篩選人材最基本的標準了！試想，有一個人滿腹學問，但面對大眾時卻無法有條理地表達出來，這樣不是很可惜嗎？因此，申請者應趁在學時期就及早將簡報技能訓練好，並利用機會多加練習。

## 實用句型

**It's necessary for ... to ....**

對……而言，做……是有必要的。

例 It's necessary for university students to develop their teamwork skills.

對大學生而言，培養團隊合作能力是有必要的。

## 好用字彙

**graduation** [ˌgrædʒuˈeʃən] (*n.*) 畢業

**major** [ˈmedʒɚ] (*v.*) 主修

**fully** [ˈfulɪ] (*adv.*) 完全地；徹底地

**suddenly** [ˈsʌdnlɪ] (*adv.*) 突然；意外地

**speech** [spitʃ] (*n.*) 演說；致詞

**panic** [ˈpænɪk] (*v.*)（使）驚慌

**recall** [rɪˈkɔl] (*v.*) 回想；憶起

**outline** [ˈautˌlaɪn] (*n.*) 大綱；概要

**as a result of** 由於

**receive** [rɪˈsiv] (*v.*) 收到；得到

# Q47

MP3 047

## What experience do you have giving presentations?

你在做簡報方面有什麼經驗？

### 研 有力簡答

I have some experience giving presentations in **college**. My professors gave us a lot of opportunities to present our ideas. I felt **nervous** at first, but the more presentation experience I had, the better I could **control** my anxiety.

大學時期我有一些做簡報的經驗。教授給了我們許多發表意見的機會。起初我很緊張，但隨著簡報經驗越多，我就越能控制自己的焦慮感。

### 研 深入詳答

Well, let's see .... One of my most successful presentations **took place** during my senior year in university. I was responsible for presenting a new-product-development case in front of the professor and my classmates. It was memorable because I paid special attention not only to my voice quality, but also my body language. I really think good body language can make a presentation more **persuasive**.

嗯，讓我想一下……我最成功的一次簡報是在我大學四年級時進行的。我負責在教授和全班同學面前簡報一個新產品開發的案例。對此經驗我記憶猶新，因為在簡報中我不僅特別注意我的聲音品質，同時也很留意肢體語言的部分。我認為恰到好處的肢體語言讓我的簡報更具說服力。

### 職 深入詳答

I've been working as a sales manager in the IT industry for more than five years, so I've had plenty of opportunities to present IT products and solutions to enterprise clients. I know that in this **position** I would be expected to make presentations to colleagues, **vendors**, and clients. I think with my **background** and experience I'm totally ready to take on those responsibilities.

我在資訊產業擔任銷售經理已經五年多了，所以我曾有過許多機會向企業客戶簡報資訊類產品和解決方案。我知道這個職位需要對同事、供應商、客戶做簡報，而我認為以我的背景和經驗，我已經完全準備好承擔這些職責了。

## Tips 面試一點通！

研究所進修或職場開會，要說沒機會做簡報那是不可能的！既然簡報能力如此重要，面試官自然也想知道應試者是否具備此項重要技能。若有相關簡報經驗，就明確點出並加以描述；倘若實際上缺乏簡報經驗也無妨，就說明自己瞭解簡報的重要性，願意多花額外時間上簡報訓練課程，並多加練習以彌補不足。沒有人天生什麼技能都會，最重要的是，保有好奇心和不斷精進的態度。

## 實用句型

**The more ..., the better…**

越……，就越……

例 The more you study, the better you'll do on the test.
你越認真唸書，你考試的分數就會越高。

## 好用字彙

**college** [ˋkɑlɪdʒ] (*n.*) 大學
**nervous** [ˋnɝvəs] (*adj.*) 緊張的
**control** [kənˋtrol] (*v.*) 控制
**take place** 舉行；發生
**persuasive** [pɚˋswesɪv] (*adj.*) 有說服力的
**position** [pəˋzɪʃən] (*n.*) 職位；立場
**vendor** [ˋvɛndɚ] (*n.*) 供應商；小販
**background** [ˋbækˌgraʊnd] (*n.*) 背景

My own answer

MP3 048

## How did you learn/improve your language/programming/presentation/etc. skills?

你是如何學習／精進你的語言／程式設計／簡報能力的？

### 研 有力簡答

When I started to learn how to code, I did more than just read books. I actually began coding after each programming class, **immediately putting** what I learned **into practice**. When I tried it for myself, I found that coding was not difficult at all.

當我開始學習如何寫程式時，我不僅只看書中描述。每次上完程式課後，我就會利用所學馬上實際操作看看。親自嘗試之後，我便發現寫程式一點也不難。

### 研 深入詳答

To improve my presentation skills, I practiced a lot and I also learned from carefully observing other speakers as well. I mean I watched Ted Talk videos online and also attended all kinds of presentations **in person**. I always observe what other speakers do effectively, and when **appropriate incorporate** their **techniques** into my own presentations.

為了精進簡報技巧，我做了很多練習，也透過仔細觀察其他講者來學習演講風格。我是說，我會在網路上找一些 Ted Talk 影片來參考，也會親自出席各類型的簡報演講會。我觀察其他講者的出色表現，並在適當的時候將他們的技巧融入自己的簡報中。

### 職 深入詳答

Well, there are **countless resources** for English learning online. For example, I often watch English classes and other videos on YouTube or other streaming services. One major benefit of learning English online is that I can access the information I want on any device at any time.

嗯，網路上有無數的英語學習資源。比方說，我經常在 YouTube 或其他串流服務上觀看英語教學節目以及其他影片。線上學習英語的一大好處是我可以隨時在任何裝置上接收我想要的資訊。

## Tips 面試一點通！

針對此類提問，通常可朝以下幾種方向來回答便萬無一失：網路上搜尋相關影音資訊、跟他人請益、親自操作等。因爲，沒有任何技能是光用想的、卻不實際嘗試就會見效的！想要精進什麼技能都一樣，多加練習才是良策。

### 實用句型

**One major benefit of [doing something] is ...**

〔做某事〕的主要好處之一是……

例 One major benefit of studying abroad is that I can gain a global perspective.

出國留學的主要好處之一是我可以獲得世界觀。

### 好用字彙

**immediately** [ɪˋmidɪɪtlɪ] (*adv.*) 立即；馬上

**put into practice** 實施；執行（計劃等）

**in person** 親自；本人

**appropriate** [əˋproprɪˌet] (*adj.*) 適當的

**incorporate** [ɪnˋkɔrpəˌret] (*v.*) 使併入

**technique** [tɛkˋnik] (*n.*) 技巧；技術

**countless** [ˋkaʊntlɪs] (*adj.*) 數不盡的

**resource** [rɪˋsors] (*n.*) 資源

My own answer

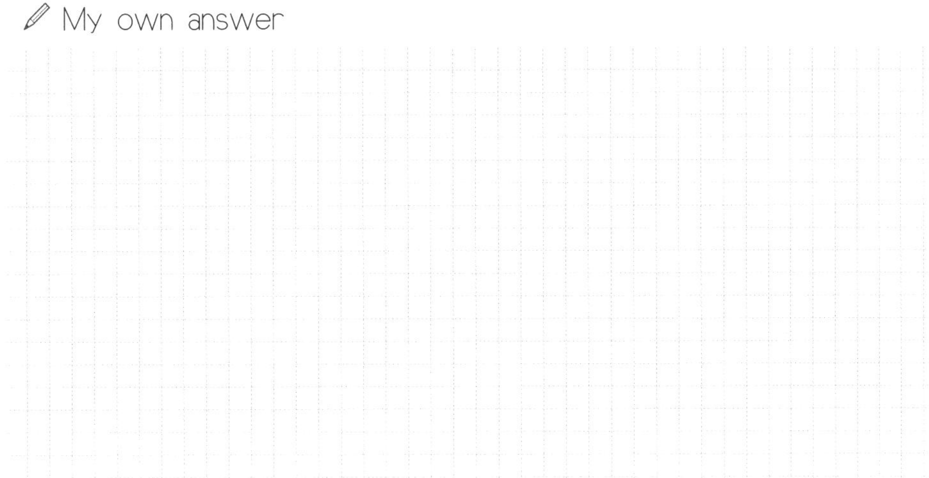

## Q49

MP3 **049**

# Tell me about science competitions you've entered. What type of lab work are you involved in?

談談你參加過的科學競賽。你參與過什麼類型的實驗室工作？

### 研 有力簡答

I participated in a **robotics** competition a couple of years ago, and that was both **challenging** and exciting. Even though I didn't win anything, I still developed my **creativity** and problem-solving skills.

幾年前我曾參加過機器人設計比賽，那場比賽既有挑戰性又令人興奮。雖說我沒贏得任何獎項，但我還是培養了創造力和解決問題的能力。

### 研 深入詳答

I am currently working on an artificial intelligence project with three other team members in the AI lab at my school. The project explores ways AI can be used in the **healthcare** industry to make **medical treatment** more efficient and effective. I think artificial intelligence will transform almost every part of the healthcare **system**, from **disease diagnosis** to **medicine discovery** and **production**.

我目前在學校的人工智慧實驗室與其他三位組員進行人工智慧專題。此專題探討的是如何將人工智慧應用於醫療產業中，讓治療更有效率並提高效果。我認為人工智慧將大大改變醫療體系的每個層面，從疾病診斷到藥物發明和量產都有影響。

### Tips 面試一點通！

如同前面提過的，回答此類問題絕對要避免流水帳似地描述比賽過程，更重要的是要對認知、感受，以及學習到什麼經驗等方面多加闡述。

## 實用句型

**The project explores ways ...**

此專題探討的是……如何……

例 The project explores ways language learning affects children's brain development.

這個專題探討了語言學習如何影響兒童大腦的發育。

## 好用字彙

**robotics** [ro`batɪks] (*n.*) 機器人學
**challenging** [`tʃælɪndʒɪŋ] (*adj.*) 有挑戰性的
**creativity** [ˏkrie`tɪvətɪ] (*n.*) 創造力
**healthcare** [`helθˏker] (*n.*) 醫療保健
**medical** [`mɛdɪkḷ] (*adj.*) 醫學的；醫療的
**treatment** [`tritmənt] (*n.*) 療法；處置
**system** [`sɪstəm] (*n.*) 系統；制度
**disease** [dɪ`ziz] (*n.*) 疾病
**diagnosis** [ˏdaɪəg`nosɪs] (*n.*) 診斷
**medicine** [`mɛdəsn] (*n.*) 藥；醫學
**discovery** [dɪs`kʌvərɪ] (*n.*) 發現
**production** [prə`dʌkʃən] (*n.*) 生產；製作

My own answer

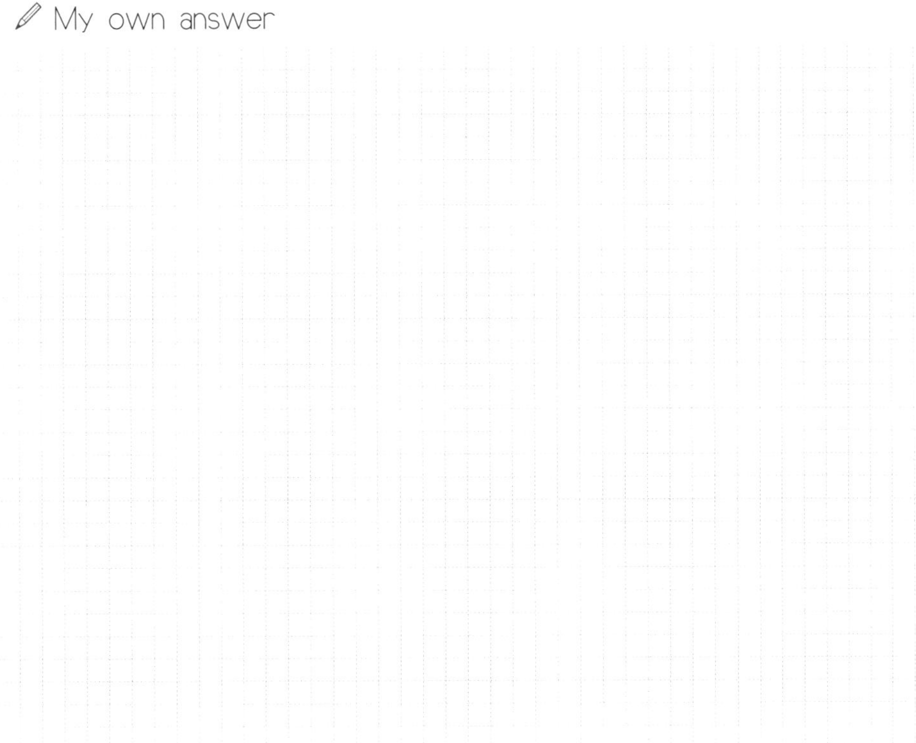

MP3 050

## What academic classes / training courses have you taken that have prepared you for this job?

你有修過什麼學術課程／受過什麼培訓可讓你做此工作更得心應手？

### 職 深入詳答

From my CV, you'll **note** that in college I double-majored in computer science and **strategic** management. That's because I believe that understanding **technology** and business are **equally** important. Some of the courses I took included computer languages, machine learning, and business **ethics**. After completing all required courses, I also did a one-year practical training at ABC Company. I believe this combination of academic and practical training has prepared me to be a **technical** manager.

從我的履歷中您可以看到，我在大學期間是雙主修電腦科學和策略管理，因為我認為瞭解技術和業務同等重要。我修過的課程包括：電腦語言、機器學習和商業道德。在完成所有必修課程後，我還在 ABC 公司進行了為期一年的實習。我相信學術與實務兼備的經歷可讓我成為一位稱職的技術經理。

### Tips 面試一點通！

應徵者在學校修習過的課程應該不少，若被問及此題，毋須一一道出所有上過的課程，而是要挑選與面試職缺「有直接關聯性」的課程來加以描述，且應提及你所修過的課程將如何協助你「達成職務目標」喔！

### 實用句型

**I believe that … and … are equally important.**

我相信……和……同等重要。

例 I believe that the skill to close business deals and the ability to establish solid relationships with customers are equally important.

我相信完成業務的技巧和與顧客建立穩固關係的能力同等重要。

### 好用字彙

**note** [not] (*v.*) 注意（到）

**strategic** [strə`tidʒɪk] (*adj.*) 有助於計劃成功的

**technology** [tɛk`nɑlədʒɪ] (*n.*) 科技

**equally** [`ikwəlɪ] (*adv.*) 相同地；同樣地

**ethic** [`ɛθɪk] (*n.*) 道德規範

**technical** [`tɛknɪkḷ] (*adj.*) 科技的；技術的

My own answer

MP3 051

# What's the most useful criticism you've received from your classmates/teachers/colleagues/managers/etc.?

你從同學／老師／同事／老闆那得到過你覺得最有用的批評是什麼？

## 研 有力簡答

Last year, one of my classmates told me that while others were talking, I tended to **interrupt** them without realizing it. I've never done that since then.

去年，有位同學告訴我，當其他人在說話時，我往往會不自覺地打斷他們的話。從那時起我就再也沒有這樣做了。

## 研 深入詳答

When I was a **sophomore**, one of my professors told me that she'd noticed I didn't seem as motivated to work on projects as I had been previously. I thought she was about to give me a lecture, but she said she was willing to meet me once every two weeks to check up on my academic **progress**. I really appreciated her effort and worked even harder to impress her. When I start to lose interest in a task, I remember her **concern** and it helps me stay highly motivated even now.

大二時，有位教授告訴我，她注意到我似乎沒有像以前那樣積極參與專題討論。我以為她要跟我說教，但她說她願意每兩週跟我碰面一次以檢視我的課業進展。我非常感激她的一番苦心，並更加努力想讓她對我有個好印象。直到現在，當我開始對一個任務失去興趣時，我就會想起她對我的關懷，也因此讓我能保持高度積極的態度。

## 職 深入詳答

One of my previous supervisors told me that when planning marketing **campaigns**, I was a bit **self-centered** and didn't give enough thought to what customers really liked and needed. **Afterwards**, I tried to put myself in the customers' shoes, and it really helped me **design** effective and successful marketing activities. I appreciated his **criticism** because it brought my attention to an important **issue** that I **obviously** wasn't aware of. It was **shocking** at first, but I'm really **glad** he cared enough about my success to tell me the **truth**.

以前有位主管告訴我，在規劃行銷活動時，我有點以自我為中心，沒有考慮到顧客真正喜歡和需要的東西。之後，我便開始試著設身處地為顧客著想，因而幫助了我設計出有效且成功的行銷活動。我很感謝他對我的批評，因為這樣的指點讓我注意到一個重要但顯然過去我所忽略的問題。雖然一開始剛聽到時會感到震驚，但我真的很高興他是出於希望我成功的心來告訴我事實。

## Tips 面試一點通！

正所謂忠言逆耳，許多人可能不太喜歡聽批評的言語，但其實人難免有些盲點，若非由他人得知，自己可能難以察覺。與其說從未聽聞別人對自己的批評，倒不如敘述幾個具有建設性的評論比較真實。另外，也要記得對願意對我們真心指教的人抱懷感激之心喔！

## 實用句型

**… put [one's self] in [someone's] shoes.**

……設身處地為〔某人〕著想。

例 You should always put yourself in other people's shoes.

你應經常設身處地為他人著想。

## 好用字彙

**interrupt** [ˌɪntəˋrʌpt] (*v.*) 打斷（講話或講話人）
**sophomore** [ˋsɑfmor] (*n.*) 大二生
**progress** [ˋprɑgrɛs] (*n.*) 進展；進步
**concern** [kənˋsɝn] (*n.*) 擔心；關切
**campaign** [kæmˋpen] (*n*) 活動
**self-centered** [ˌsɛlfˋsɛntəd] (*adj.*) 自我中心的
**afterwards** [ˋæftəwədz] (*adv.*) 後來
**design** [dɪˋzaɪn] (*v.*) 設計；構思
**criticism** [ˋkrɪtəˌsɪzəm] (*n.*) 批評
**issue** [ˋɪʃjʊ] (*n./v.*) 問題 / 發行
**obviously** [ˋɑbvɪəslɪ] (*adv.*) 顯然地
**shocking** [ˋʃɑkɪŋ] (*adj.*) 令人震驚的
**glad** [glæd] (*adj.*) 高興的
**truth** [truθ] (*n.*) 實話；事實

My own answer

MP3 052

# Talk about a special opportunity that was given to you in school/company.

談談你在學校 / 公司所獲得的一次特殊機會。

## 研 有力簡答

I was given an **opportunity** to host some exchange students from Japan. This was important for me because I gained experience in interacting with people from different **cultures**.

我曾有機會接待一些來自日本的交換學生。這機會對我來說很重要，我藉此獲得了與不同文化的人互動的經驗。

## 研 深入詳答

I was given an opportunity to work part-time at ABC company to support their marketing activities. The opportunity was **crucial** because it allowed me to develop **solid interpersonal** communication skills through interacting with different types of people. There were **internal stakeholders**, like members of the sales team, and **external** stakeholders, like vendors, that I needed to communicate with. I now know that how I interact with people is as important as what I say.

我曾有機會在 ABC 公司做兼職工作，協助公司的行銷活動。那次機會至關重要，讓我透過與不同類型的人互動，培養了紮實的人際溝通技巧。我需要與內部關係人（如：業務部同仁）和外部關係人（如：供應商）不斷溝通。我現在知道，與人互動的技巧跟我說出了什麼話一樣重要。

## 職 深入詳答

Three years ago, I was given a wonderful opportunity to **relocate** to the company's call center in Singapore since they needed a service representative who was **fluent** in both Chinese and English. After staying in Singapore for a year, I've realized why 9 out of my 10 friends were pretty satisfied with working there. What I liked best about Singapore was its very low crime **rate** and the fact that I didn't really need "special connections" to do business.

三年前，我得到了一個很好的機會調往新加坡的客服中心，因為他們需要一名精通中英文的客服代表。在新加坡待了一年之後，我明白了為什麼我十個朋友當中有九個對在此工作感到相當滿意。我最喜歡新加坡的一點是這裡的犯罪率極低，而且我不需要靠「特殊關係」就能做好生意。

## Tips 面試一點通！

所謂「良機」是留給準備好的人，此題正可問出應試者是否有這樣的認知。當你得到一個難得的機會，是會放手去做？還是心有顧慮以致讓機會溜走？各位不妨藉由此題回想自己的經歷，思考自己是如何看待各種機會的吧！

### 實用句型

**I was given an opportunity to ....**

我得到一個……的機會。

例 I was given an opportunity to form a debate team in school last year.

去年我得到個機會在學校組一支辯論隊。

### 好用字彙

**opportunity** [ˌapɚˋtjunətɪ] (*n.*) 機會；良機

**culture** [ˋkʌltʃɚ] (*n.*) 文化

**crucial** [ˋkruʃəl] (*adj.*) 決定性的；重要的

**solid** [ˋsalɪd] (*adj.*) 結實的；穩固的

**interpersonal** [ˌɪntɚˋpɝsənḷ] (*adj.*) 人與人之間的

**internal** [ɪnˋtɝnḷ] (*adj.*) 內部的

**stakeholder** [ˋstekˌholdɚ] (*n.*) 利益相關者

**external** [ɪkˋstɝnəl] (*adj.*) 外部的

**relocate** [riˋloket] (*v.*) 搬遷；調動

**fluent** [ˋfluənt] (*adj.*) 流利的；流暢的

**rate** [ret] (*n.*) 比率；價格

My own answer

## Q53

# What experiences have you had with classmates/ colleagues who are different from you?

談談你與個性截然不同的同學／同事的相處經驗。

### 研 有力簡答

Well, I consider myself a rather diligent person, so I don't really like working with **irresponsible** classmates or **free-rider** types.

我認為自己是個頗為勤奮的學生，所以我不太喜歡和不負責任、只要坐享其成的同學一起做專題。

### 研 深入詳答

Yes, I worked with different classmates on projects in school, and to be honest, I just couldn't stand working with irresponsible classmates who didn't contribute to team projects. I talked to them first, listened to what they had to say, and together we came up with ideas to resolve the problem. So, I guess I don't mind dealing with classmates who are different from me, **as long as** we can get our assignments completed.

有的，我曾在學校和不同的同學一起做專題，老實說，我就是受不了和不負責任的人共事，他們不為小組專題付出努力或貢獻想法。那時我便先與他們談談，聽取他們的想法，然後我們一起想出解決此問題的方式。所以，我不介意和跟我個性不同的同學打交道，只要能達成作業目標就好了。

### 職 深入詳答

Well, I consider myself a very responsible person, so I don't really like working with irresponsible colleagues, you know, people who don't **show up** for meetings, and even if they show up, they don't contribute ideas. To deal with such people who are totally different from myself, I always attempt to talk to them to find a **compromise**. However, if it doesn't work, I just get my managers involved in finding a **proper** solution.

嗯，我自認為是個非常負責任的人，所以我不太喜歡和不負責任的同事共事，那些人不出席會議，或即使出現在會議上也不貢獻想法。面對這種與自己截然不同的人，我總是試著先與他們溝通，尋求妥協。但若沒效果的話，我只好請經理介入以尋找恰當的解決方案。

## Tips 面試一點通！

任何事物都可能有正反兩面，人也不例外。面試官藉由此題瞭解應試者在與和自身「有差異」的人相處時是如何應對，你偏好與什麼人相處，或不喜歡與哪種人共事，都會在此題的討論當中透露出端倪。

### 實用句型

**I can't stand [doing something].**

我無法忍受〔做某事〕。

例 I can't stand working with cocky people who always think they are all that.

我無法忍受與驕傲自大的人共事，他們總是認為自己最了不起。

### 好用字彙

**irresponsible** [ˌɪrɪˋspɑnsəbl̩] (*adj.*) 不負責任的

**free-rider** [friˋraɪdɚ] (*n.*) 免費享用者

**as long as** 只要

**show up** 露面；出現

**compromise** [ˋkɑmprəˌmaɪz] (*n.*) 妥協

**proper** [ˋprɑpɚ] (*adj.*) 適合的；恰當的

My own answer

MP3 054

## How do you resolve conflicts? Do you have experience being involved in conflicts with other people?

你如何處理衝突？你有陷入與他人衝突的經驗嗎？

### 研 有力簡答

When encountering conflicts, I try to be **direct**, **clarify** what is going on, and proactively work with stakeholders to come up with **workable** solutions.

遇到衝突時，我會直截了當去弄清楚是怎麼回事，並積極地與相關人員一起盡力找出可行的解決方案。

### 研 深入詳答

Well, I would say that conflicts are **inevitable** when working on team projects. Instead of **ignoring** a problem or **blaming** someone for it, I'm always direct. I clarify what's going on and proactively work with team members to develop solutions.

嗯，當我們在團體中做專題時，衝突是不可避免的。與其忽視問題或為此責備某人，我選擇直接面對、弄清楚狀況，並積極地與團隊成員一起找出解決方案。

### 職 深入詳答

When I was with ABC company, some of our team members believed the best way to promote products was through a TV campaign, while some others **insisted** that online **advertising** was the way to go. In order to resolve the conflict, I invited stakeholders to sit down and compare **the pros and cons** of each position. **Eventually**, we were all able to **reach** an **agreement**.

當我在 ABC 公司工作時，我們團隊中有一些同仁認為推廣產品的最佳方式是透過電視宣傳活動，而其他人也堅持線上廣告才是最佳選擇。為了解決此衝突，我邀請了相關人員坐下來談，比較每個立場的利弊，最終我們取得了共識。

## Tips 面試一點通！

團體活動中衝突在所難免，關鍵在於能否有效溝通，找到雙方平衡點，進而解決歧見。回答此類題目時，建議聚焦於「有效溝通」與「解決問題」這兩個重點，方能鋪陳出最具說服力的陳述。

### 實用句型

**Instead of [doing something], we ...**

與其〔做某事〕，我們……

例 Instead of blaming someone for the mistake, we sit down and figure out solutions together.

與其將錯誤歸咎於某人，我們選擇坐下來一起找出解決方案。

### 好用字彙

**direct** [dəˋrɛkt] (*adj.*) 直接的；直截了當的

**clarify** [ˋklærə͵faɪ] (*v.*) 澄清；闡明

**workable** [ˋwɝkəbl̩] (*adj.*) 可行的

**inevitable** [ɪnˋɛvətəbl̩] (*adj.*) 不可避免的

**ignore** [ɪgˋnor] (*v.*) 忽視

**blame** [blem] (*v.*) 責備；責怪

**insist** [ɪnˋsɪst] (*v.*) 堅持；堅決認為

**advertising** [ˋædvɚ͵taɪzɪŋ] (*n.*)（總稱）廣告

**the pros and cons** 贊成和反對的理由

**eventually** [ɪˋvɛntʃuəlɪ] (*adv.*) 最後；終於

**reach** [ritʃ] (*v.*) 做出決定；達成協議

**agreement** [əˋgrimənt] (*n.*) 同意；協議

My own answer

## Q55

# Why did you leave your last job?

你為何離開上個工作？

### 職 深入詳答

Well, I've been working at the same company in the same position for more than five years, and it seems there is not much **room** for me to **advance**. So, I'm looking for opportunities in a more challenging environment where I can fully apply my sales and marketing skills and also develop in other areas.

嗯，我在同一間公司擔任同一職位已經五年多了，而且晉升空間看來並不是很大。因此，我期望在更具挑戰性的環境中尋求可充分發揮我銷售和行銷技巧的機會，並在其他領域中有所發展。

### Tips 面試一點通！

關於離職原因，不是說不能照實講，但切記一點：千萬不要有「說前雇主壞話」等負面意見，因爲這會讓面試官留下「此人今天講他人壞話，他日也有可能批評我」的不良印象，因此回應此題仍以「自身未來發展」爲由加以描述是最理想的。

### 實用句型

**There was not much room for me to advance in ....**

我在……沒有太多的發展空間。

例 There was not much room for me to advance in my previous company.

我在前公司沒有什麼發展空間。

### 好用字彙

**room** [rum] (*n.*) 房間；空間

**advance** [əd'væns] (*v.*) 進展；被晉升

MP3 056

## Why did you change your career path?

你為何改變職涯規劃？

### 職 深入詳答

Well, around five years ago, I began working as a math teacher in a primary school, and now I'm working as a **software developer**. Well, I mean, I loved teaching math, of course, but handling children and dealing with their parents were rather energy-consuming. So after five years, I felt ready for a change. I wanted to fully focus on another **passion** – programming. I would like to develop **applications** that other people can benefit from.

嗯，大約五年前，我開始在一所小學擔任數學老師，而現在我是一名軟體開發人員。我是說，我當然還是很喜歡教數學，但教導孩子之外還要和他們的父母打交道是相當耗費精神的事。所以五年後，我覺得我已經準備好要做些改變了。我想全心專注於另一個興趣——也就是寫程式。我想開發能夠造福他人的應用程式。

### Tips 面試一點通！

若應徵者曾有過職涯方向的轉換（例如，之前當工程師，後來轉當業務；之前當小學老師，後來轉進業界……等），就一定要準備好此題的說帖，建議將重點放在新的興趣、未來規劃或與個人成長相關的說法。

### 實用句型

**[Doing something] is rather energy-consuming/time-consuming.**

〔做某事〕還蠻花精神／時間的。

例 Remodeling a house is time-consuming and expensive.

裝修房子既耗時又花錢。

### 好用字彙

**software** [ˋsɔftˌwɛr] (*n.*)【電腦】軟體

**developer** [dɪˋvɛləpɚ] (*n.*) 開發者

**passion** [ˋpæʃən] (*n.*) 熱情

**application** [ˌæpləˋkeʃən] (*n.*)【電腦】應用程式

# Q57

## I see from your CV that you worked part-time/full-time at ABC company. How was your experience there?

我從你的履歷上看到你曾在 **ABC** 公司做過兼職／全職。你在那的工作經驗如何？

### 職 深入詳答

When I worked at ABC company, I was in charge of product marketing. My **duties** included developing strategies to increase brand **awareness** and conducting campaigns to **generate** customer demand. I paid attention to new **trends** in the **marketplace** and identified potential problems that customers might have. All of the marketing strategies were created to respond directly to customers' needs. During that period, I developed many new marketing strategies and received the company's GM Award for three **consecutive** years.

在 ABC 公司工作時，我負責產品行銷。我的職責包括制定策略以提高品牌知名度和執行宣傳活動以創造顧客需求。我觀察市場上的新趨勢，並找出顧客可能遇到的潛在問題。所有的行銷策略都是為了回應顧客的需求。在那段期間，我發想出了許多新的行銷策略，並連續三年獲得了總經理獎。

### Tips 面試一點通！

回答此題切忌虛構或添油加醋，否則若後續與求職公司所做的 reference 結果不符，難保不啟人疑竇呀！

### 實用句型

**When I worked at ..., I was in charge of ....**

當我在……工作時，我負責……。

例 When I worked at the IC design company, I was in charge of inventory.

我在晶片設計公司就職時負責庫存管理。

### 好用字彙

**duty** [ˋdjutɪ] (*n.*) 責任；義務

**awareness** [əˋwɛrnɪs] (*n.*) 意識；察覺

**generate** [ˋdʒɛnə͵ret] (*v.*) 產生；產出

**trend** [trɛnd] (*n.*) 趨勢；潮流

**marketplace** [ˋmarkɪt͵ples] (*n.*) 市場；業界

**consecutive** [kənˋsɛkjutɪv] (*adj.*) 連續的

MP3 058

# Do you think your experience matches the requirements of this position?

你認為你過去的經驗是否符合此職缺的需求？

## 職 深入詳答

Yes, I do think that my past experience as a sales representative is a good **match** for the account manager role. I've developed strong problem-solving and negotiation skills, which are essential to being a great account manager. I mean I've got the skills to find practical solutions to problems and create win-win situations that keep both the company and clients satisfied. So, I'm pretty confident that I can meet all of the **requirements** of this role pretty well.

是的，我確信我過去身為業務代表的經驗十分符合此客戶經理一職的需求。我已培養出強大的解決問題和談判能力，這些都是作為一個出色的客戶經理必備的技能。我的意思是，我有能力尋求實際可行的解決方案並創造雙贏的局面，讓公司和客戶雙方都滿意，所以我非常有信心我能夠充分地達到此職位的所有條件。

## Tips 面試一點通！

不論應徵者所提及的過去經驗多麼地豐富，若無法複製並應用到新工作上，不僅僅是可惜，另一方面也意味著進到新公司還要重新花時間學習，而這點是多數公司所不樂見的。因此，面試前可先針對目標公司與職缺做些研究，並思考自己的經驗與技能可如何發揮到新職務上。

## 實用句型

**I've developed strong ... and ... skills.**

我已培養出……與……技能。

例 I've developed active listening and communication skills which are essential to being a good manager.

我已培養出主動傾聽和溝通技巧，這是作為一個優秀主管所不可或缺的。

## 好用字彙

**match** [mætʃ] (*v./n.*) 匹配／相配者

**requirement** [rɪˋkwaɪrmənt] (*n.*) 要求；條件

MP3 059

## What's the most creative project/campaign/assignment that you've ever done before?

你過去曾做過最有創意的專案／活動／任務是什麼？

### 研 有力簡答

One of my professors asked students to think of ways to promote energy-saving ideas online and generate attention. My team **shot** a **film** and **uploaded** it to YouTube. After just two weeks, the film had over 10,000 **views**.

我有一位教授曾要求學生想辦法在網路上推廣節能理念並引起人氣。我們這組拍攝了一段影片並將其上傳到 YouTube。僅僅兩週後，這支影片的觀看次數就超過了一萬次。

### 研 深入詳答

I took a research methods course and the professor required us to conduct a focus group. I invited **participants** and encouraged them to **voice** their **opinions**. Afterwards, I analyzed the **qualitative** data I **collected** and wrote a research report. It was such a valuable experience that it made me want to be a researcher.

我曾修習過研究方法課程，教授要求我們辦一場焦點團體訪談。我邀請了幾位參與者並鼓勵他們發表意見。之後，我將收集到的質性數據分析並撰寫了一份研究報告。那是一次很寶貴的經驗，我也因此想成為一名研究員。

### 職 深入詳答

I once worked on the launch of a new software product. The task was challenging because the application was from the U.K. and had never been available in the Taiwan market before. Members of the marketing team work closely with the sales team to develop effective strategies. We then promoted the product in both **physical** computer stores and online stores. Eventually, it was a great success.

我曾參與過一款新軟體產品的上市規劃。這項任務很具挑戰性，因為該應用程式來自英國，之前從未在台灣市場面世。行銷團隊與業務團隊密切合作以制定有效的策略。然後，我們在實體電腦商店和網路商店推廣該產品。最終，此上市活動辦得很成功。

## Tips 面試一點通！

看到 assignment（作業），通常大家會往「寫功課」等方向聯想，但作業方式可以有很多種，諸如做專題、寫報告、小組研究或拍影片等，任何可證明有學習經歷與產出的「證據」皆可算是作業方式。要回應此題，可回想一下自己處理過或與同學 / 同事合作過的專題或案子，是否有哪一個是比較與眾不同的，再加以描述。

## 實用句型

**... such ... that ...**

……如此……以致……

例 Jack is such a hardworking student that he always turns in his homework the day after it has been assigned.

傑克是個很勤奮的學生，他總是在老師指派作業後的隔日就交出作業。

## 好用字彙

**shoot** [ʃut] (*v.*) 拍攝

**film** [fɪlm] (*n.*) 電影；影片

**upload** [ʌpˋlod] (*v.*)【電腦】上傳

**view** [vju] (*n.*) 觀看；觀點

**participant** [pɑrˋtɪsəpənt] (*n.*) 參與者

**voice** [vɔɪs] (*v./n.*) 說出；表達 / 聲音

**opinion** [əˋpɪnjən] (*n.*) 意見；看法

**qualitative** [ˋkwaləˌtetɪv] (*adj.*) 質性的

**collect** [kəˋlɛkt] (*v.*) 收集

**physical** [ˋfɪzɪkl] (*adj.*) 實物的；有形的

My own answer

MP3 060

## Tell me about some interesting places you have visited. Please talk about cultural differences you observed.

談談你造訪過的有趣的地方，並說說你觀察到的文化差異。

### 研 有力簡答

I've been to a couple of **countries** in South America, and, even though I don't speak Spanish, I was deeply impressed by how easy it was to get around on **public transportation**.

我去過幾個位於南美洲的國家，即使我不會說西班牙語，但還是能夠在當地搭乘大衆交通工具到處逛逛，這樣的便利度帶給我很深刻的印象。

### 研 深入詳答

I've been to several countries, but the places that **fascinate** me the most are Peru and Brazil. From my **observation**, Latin Americans **value** the importance of family and community very much. I would say that people there are generally friendly, very **expressive**, and don't **hide** their feelings at all. Taiwanese people are **comparatively** more **reserved**.

我去過好多個國家，但最讓我著迷的地方是秘魯和巴西。據我觀察，拉丁美洲人非常重視家庭和社區的重要性。我感覺那裡的人一般來說都很友善，非常善於表達，而且他們一點也不掩飾自己的感情。相比之下，我們台灣人就比較矜持些。

### Tips 面試一點通！

就筆者的經驗，針對此題多數同學的回答皆以日本或美國旅遊經驗爲主，因此若申請者去過眾人鮮少造訪之處的話，作爲此題的答覆或可產生令人耳目一新的效果。倘若尚未有出國旅遊的機會也無妨，可提及自己「未來想去體驗」的地方與生活文化也不錯。

## 實用句型

**[Someone] value(s) the importance of [something].**

〔某人〕重視〔某事〕的重要性。

例 American people value the importance of individualism.

美國人很重視個人主義的重要性。

## 好用字彙

**country** [ˋkʌntrɪ] (*n.*) 國家

**public** [ˋpʌblɪk] (*adj.*) 公眾的；公用的

**transportation** [ˏtrænspɚˋteʃən] (*n.*) 運輸工具

**fascinate** [ˋfæsnˏet] (*v.*) 使著迷；強烈吸引

**observation** [ˏabzɜˋveʃən] (*n.*) 觀察

**value** [ˋvælju] (*v.*) 重視

**expressive** [ɪkˋsprɛsɪv] (*adj.*) 有表達力的

**hide** [haɪd] (*v.*) 隱藏

**comparatively** [kəmˋpærətɪvlɪ] (*adv.*) 相較地

**reserved** [rɪˋzɜvd] (*adj.*) 含蓄的；矜持的

My own answer

MP3 **061**

# Has traveling influenced the way you live your life?

旅行是否影響了你的生活方式？

## 研 有力簡答

Yes, absolutely. I enjoy traveling to different countries. When I see the way other people live, I **truly** become more grateful and **appreciative** of the life I have.

是的，一點都沒錯。我喜歡去不同的國家旅行。當我觀察到別人的生活方式時，我會更加感激和珍惜我現在所擁有的生活。

## 研 深入詳答

When I travel to different countries, instead of trying to **visit** as many tourist attractions as possible, I always **remind** myself to stop and live in that **specific moment**. Traveling teaches me to explore the **beauty** of the world through my eyes, ears, and most importantly, with my heart. So whenever something happens to me now, I just stay calm and try to enjoy the experience that life brings to me. There is nothing worth getting **upset** about really.

當我前往不同的國家旅行時，與其想去更多的旅遊景點，我總是提醒自己停下腳步並活在當下。旅行教會我用自己的眼睛、耳朵，以及最重要的是用心去探索世界之美。所以無論現在發生什麼事，我都會保持冷靜，盡情享受生活帶給我的體驗。想通之後就會感覺真的沒有什麼值得生氣的。

**Tips 面試一點通！**

不論提問什麼問題，面試教授想瞭解的不外乎是申請者的思維與特質，例如利用此題的「旅遊」話題來探詢對生活周遭的認知。若被問及其他主題，也都盡量朝「該活動與自身生活的關聯性」方向來回答便萬無一失。

## 實用句型

**Instead of [doing something], I choose to ...**

與其〔做某事〕，我選擇做……

例 Instead of staying home doing nothing, I choose to participate in outdoor activities.

我沒有在家無所事事，而是選擇去參加戶外活動。

## 好用字彙

**truly** [ˋtrulɪ] (*adv.*) 非常；很
**appreciative** [əˋpriʃɪ.etɪv] (*adj.*) 感恩的
**visit** [ˋvɪzɪt] (*v.*) 參觀；拜訪；探望
**remind** [rɪˋmaɪnd] (*v.*) 提醒；使想起
**specific** [spɪˋsɪfɪk] (*adj.*) 特定的；明確的
**moment** [ˋmomənt] (*n.*) 瞬間；片刻
**beauty** [ˋbjutɪ] (*n.*) 美（的人事物）
**upset** [ʌpˋsɛt] (*adj.*) 心情低落的；苦惱的

My own answer

MP3 062

# Tell me about a person/book/event/challenge/etc. that has markedly changed you.

談談改變你看法的一個人／一本書／一件事／一個挑戰。

## 研 有力簡答

My mother has influenced me in many ways. She always reminds me to focus on what I need to do, to help people whenever I can, and most importantly, to believe in myself.

我母親在很多方面都深深影響著我。她總是提醒我要專注於該做的事上，盡我所能幫助別人，最重要的是，還要相信自己。

## 研 深入詳答

A book that has changed my perspective on life is *I Served the King of England* by Bohumil Hrabal. The story is about how a hotel waiter, Dítě, becomes a **millionaire** and makes his dreams come true. Dítě feels **inferior** in front of people because he is short. **Ironically**, no one **looks down** on him because of his shortness. What I took from the book is the belief that I should always believe in myself.

Bohumil Hrabal 的《我曾侍候過英國國王》一書改變了我的人生觀。故事講述飯店服務生 Dítě 如何一躍成為百萬富翁、夢想成真。Dítě 因為個子矮，在人前自卑。出乎意料的是，並沒有人因為他的個子矮小而看不起他。這本書告訴了我一個信念，就是我應該要永遠相信自己。

## 職 深入詳答

I would say that one of my supervisors at my previous company has influenced me the most. Whenever I felt my work was good enough, he took me to the **edge** of my comfort zone and pushed me to do more. He encouraged me to **embrace** new opportunities and keep moving forward. Now I trust myself to try to do more than I might at first think I can do.

我會說我前公司的一位主管對我影響甚大。每當我覺得自己已經做得夠好時，他就會把我推離舒適圈，然後督促我要做得更多、更好。他鼓勵我接受新的機會並繼續前進。現在的我擁有自信，並願意嘗試做超出我一開始認為自己能力所及的事。

## Tips 面試一點通！

此題回應將因人而異，擬答中已列出幾種可能的情境。不論你選擇討論的是哪一種（書／人／挑戰等），最好都是提及對你的「正面影響」。曾聽過有同學如此回答：「經歷過□□□事之後，我瞭解到人再怎麼努力好像都沒用……」切記，像這樣的負面表述並不適合在面試中提出！

### 實用句型

**[Someone] has/have influenced me in many ways.**
〔某人〕對我各方面影響都很大。

例 My supervisor has influenced me in many ways.
我老闆在許多方面對我影響都很大。

### 好用字量

**millionaire** [ˌmɪljən`ɛr] (*n.*) 百萬富翁
**inferior** [ɪn`fɪrɪə] (*adj.*) 較差的, 不如的
**ironically** [aɪ`ranɪklɪ] (*adv.*) 諷刺地；出乎意料地
**look down** 小看；輕視
**edge** [ɛdʒ] (*n.*) 邊緣
**embrace** [ɪm`bres] (*v.*) 擁抱；接受（提議等）

My own answer

## Q63

# What accomplishment are you most proud of?

你最引以為豪的成就是什麼？

### 研 有力簡答

I'm most **proud** of a time when I was assigned by my professor to lead the debate team, and we went on to win several debate competitions.

最讓我自豪的是有一次我被教授指派為辯論隊隊長，我們還贏得了好幾次辯論賽。

### 研 深入詳答

I dedicated my time and effort to becoming a straight-A student. I studied really hard for every single **exam** and participated **actively** in all of the team projects I was a part of. I always sat at the front of the classroom and listened attentively to each lecture and never **missed** a class. My efforts **paid off** and I got straight A's.

我多數的時間和精力都花在思考如何成為一個更優秀的學生上。每一次考試我都非常用功讀書，並積極參與團隊專題。我總是坐在教室前方專心聽講，從來沒有缺課過。我的努力得到了回報，所有科目的成績我都得到了 A。

### 職 深入詳答

Last year, the sales team I led won three **huge** business **deals**, **resulting in significant profits** for the company. I **owe** the success to the **cooperation** of all my team members. We worked together to analyze the clients' demands and proposed total solutions to meet their needs. Eventually, our clients were pretty satisfied with our products and services, and this really made me and the whole team really proud.

去年，我帶領的業務團隊贏得了三筆大案子，為公司帶來了可觀的收益。我將成功歸功於團隊成員的合作無間。我們共同努力分析客戶的需求，並提出全面的解決方案來滿足他們的需求。最終，客戶對我們的產品和服務非常滿意，這讓我和整個團隊感到非常自豪。

## Tips 面試一點通！

此題可說是再次確認應試者自認值得拿出來自誇的成就為何。當然你有可能有學業或工作之外的成就，但還是討論跟「欲申請之科系」或「求職目標職務」相關的成就比較容易引起面試官的共鳴喔！

### 實用句型

**I dedicated my time to [doing something].**
我花很多時間〔做某事〕。

例 I dedicated my time to helping underprivileged children.
我把我的時間投入在幫助貧困兒童。

### 好用字彙

**proud** [praʊd] (*adj.*) 感到驕傲的；得意的
**exam** [ɪgˋzæm] (*n.*) 考試
**actively** [ˋæktɪvlɪ] (*adv.*) 積極地；主動地
**miss** [mɪs] (*v.*) 未出席；錯過
**pay off** 取得好結果
**huge** [hjudʒ] (*adj.*) 巨大的；非常的
**deal** [dil] (*n.*) 交易
**result in** 導致；結果是
**significant** [sɪgˋnɪfəkənt] (*adj.*) 重大的；顯著的
**profit** [ˋprɑfɪt] (*n.*) 盈利；收益
**owe** [o] (*v.*) 歸功於；欠（債等）
**cooperation** [ko.ɑpəˋreʃən] (*n.*) 合作

My own answer

MP3 064

## What is it about debating that you enjoy?

你喜歡辯論過程的什麼部分？

### 研 有力簡答

When I participate in debate competitions in school, I **exercise** my problem-solving and critical thinking skills. That's the part I really enjoy the most.

參加學校的辯論比賽時，我訓練到解決問題和批判性思考的能力，這是我對辯論最喜歡的部分。

### 研 深入詳答

I participated in a number of debate competitions in school, and I think **participation** in debates improved my critical thinking ability. I had to sort out complex information, **form** meaningful arguments, and collect evidence to support my claims. Learning to think critically has had **far-reaching effects** on my academic work and other **aspects** of my life as well.

我在學校有參加過一些辯論賽，我認為參加辯論賽增進了我的批判性思考能力。我必須先整理複雜的資訊，組織有效的論點，並收集證據來支持我的主張。學會批判性思考對我的學業成績和生活的各方面都有深遠的影響。

### Tips 面試一點通！

在研究所，修課討論與簡報的機會大幅增加，因此除了聽講之外，學生還需要有批判性思考及提出不同觀點的能力，而參與辯論會是訓練這些能力的良機。因此若有類似的經驗，則可藉此題多加描述自己「分析資料」與「佐證論點」和「活用批判性思考」等能力的習得經歷。

## 實用句型

**[Doing something] has had far-reaching effects on [something].**

〔做某事〕對〔某事〕有深遠的影響。

例 Participating in volunteer work has had far-reaching effects on my view towards life.

當志工對我的人生觀產生了深遠的影響。

## 好用字彙

**exercise** [ˋɛksɚ.saɪz] (*v.*) 鍛鍊；運用
**participation** [pɑr.tɪsəˋpeʃən] (*n.*) 參與
**form** [fɔrm] (*v.*) 構成；組織
**far-reaching** [ˋfɑrˋritʃɪŋ] (*adj.*) 深遠的
**effect** [ɪˋfɛkt] (*n.*) 效果；影響
**aspect** [ˋæspɛkt] (*n.*) 方面；部分

My own answer

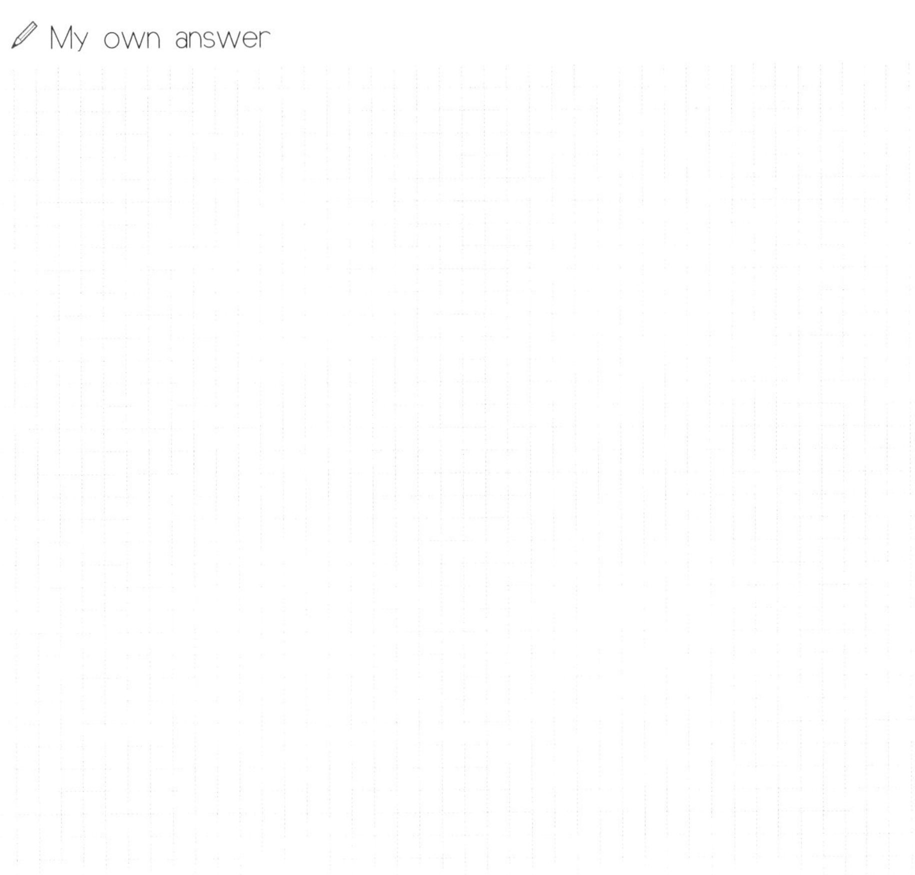

NOTES

# Part 4

## 關於未來求學與工作的問題：發展／期望

Questions about the Future:

Academic and Professional Development/Expectations

MP3 066

## What classes are you scheduled to take in your senior year?

你大四打算修什麼課程？

### 研 有力簡答

I major in information technology, and besides some required courses, I plan to take some **advanced** seminars on the impact of **modern** technology on all aspects of people's lives.

我主修資訊科技，除了必修課以外，我還打算參加一些研討課程，多加探討現代科技如何影響人們生活的各個層面。

### 研 深入詳答

I major in Korean, so during my senior year, I'll take advanced Korean reading and writing courses. I'm especially interested in taking a new course called Korean Pop Culture, which explores how Korean dramas, music, and **celebrities** have become so **popular** in Asia. Most of my friends are so into Korean culture that they share news of Korean celebrities all the time. Through taking the new Korean culture course, I believe I'll better understand the **reasons** behind this **phenomenon**.

我主修韓文，所以在大四的時候，我會上進階韓文閱讀與寫作課。我對選修一堂名為「韓國流行文化」的新課程特別感興趣，該課程探討韓劇、音樂和名人等是如何席捲全亞洲。我的多數朋友都對韓國文化非常著迷，他們一直在分享韓國明星的新聞。透過修習這堂新的韓國文化課程，我相信我會對此現象背後的原因有比較多的理解。

## Tips 面試一點通！

研究所和高中最大的不同就是不再有固定的課表，且除了必修課程之外，其他的課程就要依照個人興趣與判斷來選擇與規劃了。因此，面試官詢問此題的目的就是要瞭解申請者的興趣、選課標準，以及今後的研究方向等。不論選修什麼課，記得要提出具體理由，避免像是「同學選修，然後對方也叫我一起選」這樣的回應。

### 實用句型

**I'm especially interested in ....**

我對……特別感興趣。

例 I'm especially interested in exploring the causes of and possible solutions to environmental problems.

我特別感興趣的是探索更多關於環境問題的原因和可能的解決方案。

### 好用字彙

**advanced** [əd`vænst] (*adj.*) 高級的；高等的

**modern** [`madən] (*adj.*) 現代的

**celebrity** [sə`lɛbrətɪ] (*n.*) 名人

**popular** [`papjələ] (*adj.*) 受歡迎的

**reason** [`rizn] (*n.*) 理由；原因

**phenomenon** [fə`namə͵nan] (*n.*) 現象

My own answer

## Q67

# What class are you looking forward to most? Why?

你最期待上什麼課程？為什麼？

### 研 有力簡答

I'm looking forward to taking public speaking and presentation courses. Public speaking is without **doubt** one of the most important skills that graduate students should **possess**.

我很期待上公開演說課和簡報課。公開演說無疑是研究生應具備之最重要的技能之一。

### 研 深入詳答

I'm planning to take public speaking and presentation courses. As a business major, I expect to have a lot of opportunities to do case studies and other research, which I will have to present to the class. So, I'm looking forward to taking more presentation related courses to learn strategies about how to deliver **clear**, **engaging**, and persuasive speeches.

我打算參加公開演說和簡報課程。身為主修商科的學生，我想我會有很多機會做案例分析和其他研究，並公開展示研究成果。因此，我很期待上更多與簡報相關的課程，以學習如何發表清晰又引人入勝且深具說服力的演講策略。

### Tips 面試一點通！

此題跟上一題有些類似，皆是探詢有興趣的課程，但除了主修的專業科目之外，其實多數學校教授仍會開設有趣且實用的課程供同學選修，例如之前就有同學向筆者提及其對「全英語討論的正向心理學」課程念念不忘！因此，若被問及此題，回應實用性高的課程也未嘗不可。

## 實用句型

**I'm looking forward to [doing something].**

我期待〔做某事〕。

例 I'm looking forward to discussing the budget issue with you in tomorrow's meeting.

我期待在明天的會議上與你討論預算問題。

## 好用字彙

**doubt** [daʊt] (*n.*) 懷疑

**possess** [pəˋzɛs] (*v.*) 擁有

**clear** [klɪr] (*adj.*) 清楚的；清晰的

**engaging** [ɪnˋgedʒɪŋ] (*adj.*) 有吸引力的

My own answer

MP3 068

# What are you most looking forward to about your transition from undergraduate studies to a graduate school?

關於即將從大學生轉變成研究生，你最期待什麼部分？

## 研 有力簡答

I'm really looking forward to learning to conduct research. In graduate school, I expect to learn how to gather data, analyze information, and design studies to test ideas.

我真的很期待學習做研究的方法。在研究所，我希望學習如何收集數據、分析資料和設計研究來驗證想法。

## 研 深入詳答

I'll take the required courses first, like **thesis** writing and research methods. I know most graduate classes are smaller, so I expect to have more discussions among the students and to receive more attention from my professors. I'm also looking forward to working on team projects as well as conducting **independent** research.

我會先修必修課，例如論文寫作和研究方法等。我知道大多數研究所的班級規模較小，所以我想在學生之間應會有更多的討論，也能夠得到教授更多的關注。我也十分期待參與團隊專題和進行獨立研究。

## Tips 面試一點通！

筆者認爲大學和研究所課程最大的不同有二：其一是大學生可能單純聽講就能夠完成學業，但研究生要在課堂中參與討論並大量發表意見的哩！其二是大學生寫寫報告即可，但研究生要實際做研究並產出結果。你期待的研究所課程是怎樣的呢？

## 實用句型

**I'm looking forward to learning ....**

我很期待學習⋯⋯。

例 I'm looking forward to learning more about how humans acquire a foreign language.

我期盼可更加瞭解人類是如何習得一門外語的。

## 好用字量

**thesis** [ˋθisɪs] (*n.*) 論文

**independent** [ˏɪndɪˋpɛndənt] (*adj.*) 獨立的

My own answer

MP3 069

# What are your research interests?

你的研究計劃為何？

## 研 有力簡答

As a business major, I will focus on international business. **Specifically**, I plan to investigate how culture **affects** communication between business people.

我主修商科，我將專注於國際商務研究。具體來說，我打算研究文化如何影響商業人士之間的溝通。

## 研 深入詳答

I want to work on artificial intelligence with a focus on machine learning. With high quality data, machine learning **algorithms** allow computers to learn and make decisions. Machine learning can be applied in many industries, including **manufacturing**, healthcare, and even **education**. I think the demand for machine learning experts will certainly increase, so doing this kind of research will increase my chances of eventually getting a job in the field.

我想做關於人工智慧的研究，並聚焦於機器學習。有了高品質的數據，機器學習演算法讓電腦能夠自動學習並做出決策。機器學習可應用於許多產業，包括製造、醫療保健，甚至教育。我認為將來對機器學習專家的需求肯定會增加，所以做這樣的研究也會增加我日後在此領域就業的機會。

## Tips 面試一點通！

作爲一個準研究生，不應對自己想研究的領域或興趣毫無概念，而只等著教授給建議，研究生的特色之一正是自動自發。因此，準備口面試時應設定好想研究的主題或至少有個方向。倘若尚未決定，也應多讀文獻以找出研究缺口 (research gap)，最好不要僅僅只是回答「不知道」喔！

## 實用句型

**As a ... major, I'll focus on ....**

身為主修……的學生，我會專注在……。

例 As an engineering major, I'll focus on the high-speed computation research.

我主修工程，我將專注於高效能運算研究上。

## 好用字彙

**specifically** [spɪˋsɪfɪkḷɪ] (*adv.*) 特別地；具體地
**affect** [əˋfɛkt] (*v.*) 影響
**algorithm** [ˋælgə͵rɪðm] (*n.*)【電腦】演算法
**manufacturing** [͵mænjəˋfæktʃərɪŋ] (*n.*) 製造業；工業
**education** [͵ɛdʒʊˋkeʃən] (*n.*) 教育

✎ My own answer

## Q70

# What do you think teachers can do to increase student interest in a subject?

你認為教師可用什麼方式來提高學生對科目的興趣？

### 研 有力簡答

Different teachers use different ways to increase student interest in a course. I think one of the most effective **approaches** is to **explain** to students how a subject will benefit them in the **future**.

老師們用來增加學生對課程的興趣的方式各有不同。我認為最有效的方法之一是向學生解釋該學科對學生的未來會帶來什麼樣的優勢。

### 研 深入詳答

I think if a teacher can relate the subject they are teaching to the students' **daily** lives, the students would be more likely to imagine using it and thus develop an interest in it. For example, one of my business professors shared with her students about how high-achieving **executives utilize** the business knowledge they acquired in school to become successful. The students **understandably** became more interested in their business-related courses.

我認為如果老師能將其教授之科目與學生的日常生活建立出關聯性，對學生而言就更加容易去想像該學科的應用場景，從而產生興趣。比方說，我以前教商業的一位教授和學生分享了高成就經理人如何應用他們在學校習得的商業知識並獲得成功。如此，學生們對學習商業相關的課程自然就更感興趣了。

### Tips 面試一點通！

研究所教授偏好與常保好奇心並活用知識的學生交流，因此別只是當一個死讀書、應付考試的人喔！在準備此題的回應時也不例外，如同擬答一般，提及自己清楚明白將所學應用到生活當中的重要性是重點。

### 實用句型

**After [doing something], I became interested in ....**

在〔做某事〕之後，我變得對……有興趣。

例 After listening to his speech, I became interested in starting my own business.

聽了他的演講之後，我便有興趣自行創業了。

### 好用字彙

**approach** [ə`protʃ] (*n.*) 接近；方法
**explain** [ɪk`splen] (*v.*) 解釋
**future** [`fjutʃɚ] (*n.*) 未來
**daily** [`delɪ] (*adj.*) 每日的；日常的
**executive** [ɪg`zɛkjʊtɪv] (*n.*) 執行者；主管
**utilize** [`jutḷ͵aɪz] (*v.*) 使用；利用
**understandably** [͵ʌndɚ`stændəblɪ] (*adv.*) 可理解地；合乎情理地

My own answer

MP3 071

## Why have you chosen to continue your education over entering the job market?

**你為何選擇繼續進修而非進入職場？**

### 研 有力簡答

I think I still need to improve my critical thinking and problem-solving skills, and **entering** this graduate program gives me a chance to do so.

我認為自己還需要加強批判性思考和解決問題方面的技能，而進入研究所正可提供我這樣的機會。

### 研 深入詳答

Well, I'm passionate about conducting research and I'm passionate about artificial intelligence. I mean there's always more to learn about AI. Also, **pursuing** graduate studies will allow me to explore new areas and help me **build credibility** in the field.

我熱衷於做研究，對人工智慧方面也極有興趣。我的意思是，關於 AI 總還有學不完的知識。此外，攻讀研究所有助於我探索新領域並在該領域中建立起專業能力。

**Tips 面試一點通！**

每個人的選擇與思維自然是不同的，且要先進修還是先工作本就無定論。此題答案依申請者個人生涯規劃來設計即可。

## 實用句型

**There's always more to learn about ....**

關於……總還有可學習的。

例 There's always more to learn about the universe.

關於宇宙還有很多可學的知識。

## 好用字彙

**enter** [ˋɛntɚ] (*v.*) 進入；參加

**pursue** [pɚˋsu] (*v.*) 追求；從事

**build** [bɪld] (*v.*) 建造；建立

**credibility** [ˏkrɛdəˋbɪlətɪ] (*n.*) 可信度

My own answer

MP3 072

# Do you think taking a year off to work before attending university is a good idea? Why or why not?

你認為上大學之前先利用一年去工作是個好主意嗎？為什麼？

## 研 有力簡答

I don't think it's a bad idea, **actually**. For people who are not sure whether or not college is actually right for them, working for a year first might be a good opportunity for them to find themselves.

其實，我認為這也不是不可行。對於那些不確定大學是否真的適合自己的人來說，先工作一年可能是他們「發現自我」的絕佳機會。

## 研 深入詳答

Well, I think it really **depends on** the person and his or her **situation**. I myself won't do that because I am pretty clear about my academic goals. But one of my high school **classmates** actually took a year off to gain some real-world experience before attending **university**, and he had a lot more confidence because of it. He told me that after working for a year, he knew how to ask meaningful questions and handle challenges, and these made him much more confident when he **returned** to his studies.

嗯，我認為這真的取決於不同的人和各自的情況。我自己是不會那麼做啦，因為我很清楚自己的學業目標是什麼。但是，我的一個高中同學在上大學之前確實休息了一年去獲得一些真實世界的經驗，他的自信心也因此大幅提升了。他告訴我說，工作一年後，他知道如何問出較具深度的問題和應對挑戰，這些成長讓他在回歸學業時對自己更有信心了。

## Tips 面試一點通！

「先求學再工作」這樣的順序只是一般的習慣，並非一定要遵循的「絕對標準」。若是已有課業研究的目標，想繼續升學，當然不成問題；但若有機會先進入職場取得經驗後再升學也無不可。擬答列出了正反兩種意見，各位可作爲參考並依照自己的狀況微調。

## 實用句型

**It depends on ....**

要視……而定。

例 A: When you face a problem, do you prefer to ask others for help or solve it based on your experience?

當你遇到問題時，你傾向求助於人還是靠自己的經驗解決？

B: Well, it really depends on what kind of problem we're talking about.

嗯，那要看所討論的問題屬性而定吧。

## 好用字彙

**actually** [ˈæktʃuəlɪ] (*adv.*) 實際上；真的

**depend on** 依靠；取決於

**situation** [ˌsɪtʃuˈeʃən] (*n.*) 處境；情況

**classmate** [ˈklæsˌmet] (*n.*) 同班同學

**university** [ˌjunəˈvɝsətɪ] (*n.*) 大學

**return** [rɪˈtɝn] (*v.*) 返回；回來

My own answer

MP3 073

## How do you think you can make an impact in graduate school / at this company?

你認為你如何在研究所／本公司產生影響力？

### 研 有力簡答

I'll proactively participate in class discussions. I mean I always do the **required** reading before class and generate questions and **comments in advance**.

我會積極地參與課堂討論。我的意思是，我總會在課前閱讀指定素材並提前想好問題和意見。

### 研 深入詳答

Well, in graduate school, students don't simply "read" journal articles, but more importantly, we critically **evaluate** the research and talk about it with classmates in a **logical manner**. I'm pretty good at identifying the **strengths** and **weaknesses** of academic papers, and I believe this would help other class members think clearly about the issues **raised** and generate more meaningful discussions.

在研究所，學生不僅僅是單純地「閱讀」期刊文獻，更重要的是，我們要從批判性的角度去評價研究內容，並有邏輯地與同學們討論。我很擅長辨別學術論文的優缺點，我相信這有助於其他班上同學仔細思考問題，從而產出更有意義的討論。

### 職 深入詳答

I believe making an impact at work is not just about **personal** success, right? It's really about **cooperating** with the other members of the team to achieve our business goals. I'm a team player and willing to **sacrifice** my **ambitions** for my team's vision. So I believe I can make an impact at this company by demonstrating my **commitment** to the team's goal.

我相信要在工作上產生影響力不僅靠個人的成功，對吧？其中也關乎與其他成員合作共同達成業務目標。我是一個很好的團隊合作者，願意為團隊的願景犧牲個人利益。因此，我可以對公司產生的影響就是展現我對團隊目標的承諾。

## Tips 面試一點通！

應試者進到研究所學習或進入公司工作，除了爲了得到個人好處之外，更重要的是，也應想想「自己可爲團體產生什麼貢獻？」而不論是在哪種團體內，與他人合作、互相扶持也是彰顯價值的方式。若被問到此題，就朝「如何貢獻己力以協助團隊達到目標」的方向發想吧！

### 實用句型

**I'm pretty good at [doing something].**

我很擅長〔做某事〕。

例 I'm pretty good at solving complex math problems.

我很會解複雜的數學問題。

### 好用字彙

**required** [rɪˋkwaɪrd] (*adj.*) 必須的；必修的

**comment** [ˋkɑmɛnt] (*n.*) 意見；評論

**in advance** 事先

**evaluate** [ɪˋvæljʊˌet] (*v.*) 評估；評價

**logical** [ˋlɑdʒɪkl̩] (*adj.*) 合邏輯的；合理的

**manner** [ˋmænɚ] (*n.*) 方式；舉止

**strength** [strɛŋθ] (*n.*) 力；長處

**weakness** [ˋwiknɪs] (*n.*) 虛弱；弱點

**raise** [rez] (*v.*) 舉起；提高；提出

**personal** [ˋpɝsn̩l] (*adj.*) 個人的

**cooperate** [koˋɑpəˌret] (*v.*) 合作

**sacrifice** [ˋsækrəˌfaɪs] (*v.*) 犧牲

**ambition** [æmˋbɪʃən] (*n.*) 抱負；野心

**commitment** [kəˋmɪtmənt] (*n.*) 承諾

MP3 074

## What are your future career goals?

你的未來職涯規劃為何？

### 研 有力簡答

As a computer science major, my goal is to become a **professional programmer**, work at a software development company, and apply what I've learned in school to help achieve the company's goals.

我主修電腦科學，我的目標是成為一名專業的程式開發人員，在軟體開發公司工作，應用學校所學來協助實現公司的目標。

### 研 深入詳答

I definitely want to pursue a **career** in healthcare, like being a **physician assistant**, **nurse practitioner**, or **nutritionist**. I made this decision because I really want to make a **difference** in people's lives. Whenever I see family members or friends suffer from diseases, I feel great **pain** as well. I'm **determined** to help **create** a healthier world.

我非常想從事醫療保健相關職業，例如醫師助理、執業護理師或營養師。我做這個決定是因為我真的很想改變人們的生活。每當我看到家人或朋友因病受苦時，我也感同身受。我已下定決心協助創造出一個更健康的世界。

### 職 深入詳答

I'm trying hard to prepare myself for a technical support **engineer** position. I get a great sense of achievement from **assisting** customers with their computer problems and providing them with effective solutions. I hope to someday **establish** my own technical support **firm** and offer professional computer services to customers.

我正在努力讓自己成為稱職的技術支援工程師。協助顧客解決電腦問題並為他們提供有效的解決方案，這讓我獲得極大的成就感。我希望將來能成立自己的技術支援公司，為客戶提供專業的電腦服務。

## Tips 面試一點通！

準備此題的回答時，可朝兩方面思考：

(1) 如何協助人們解決問題？

(2) 自己如何貢獻所知回饋社會？

一般而言，依循此方向的回應較容易獲得青睞。

### 實用句型

**I get a sense of achievement from [doing something].**

我自〔做某事〕取得成就感。

例 I get a sense of achievement from inspiring young people to pursue their dreams.

我從鼓勵年輕人追求夢想中獲得成就感。

### 好用字彙

**professional** [prə`fɛʃənl] (*adj.*) 職業性的；專業的

**programmer** [`prograemə] (*n.*)【電腦】程式設計師

**career** [kə`rɪr] (*n.*) 職業；事業

**physician** [fɪ`zɪʃən] (*n.*) 醫師

**assistant** [ə`sɪstənt] (*n.*) 助手；助理

**nurse** [nɜs] (*n.*) 護理師

**practitioner** [præk`tɪʃənə] (*n.*) 執業者；從業人員

**nutritionist** [nju`trɪʃənɪst] (*n.*) 營養師

**difference** [`dɪfərəns] (*n.*) 差別；不同

**pain** [pen] (*n.*) 疼痛；痛苦

**determine** [dɪ`tɜmɪn] (*v.*)（使）決定

**create** [krɪ`et] (*v.*) 創造

**engineer** [ˌɛndʒə`nɪr] (*n.*) 工程師；技師

**assist** [ə`sɪst] (*v.*) 協助

**establish** [ə`stæblɪʃ] (*v.*) 建立；創辦

**firm** [fɜm] (*n.*) 公司

My own answer

MP3 075

# Describe a future plan which is not related to study/work.

談談你除了學業 / 工作之外的未來規劃。

## 研 有力簡答

Well, besides taking business-related courses in school, I also plan to continue learning piano and violin.

嗯，除了在學校修習商務相關的課程外，我還打算繼續學鋼琴和小提琴。

## 研 深入詳答

Well, I'm working on my business thesis **currently**, and after I complete it, I want to take some yoga courses and **earn** a Yoga Instructor **Certificate**. My mother used to be a yoga teacher, and because of her influence I began to enjoy practicing yoga myself. It helps relieve stress and makes me feel calm and relaxed. If I have the opportunity, I might establish my own yoga **studio** sometime in the future.

嗯，我目前正在寫商業論文，完成之後我想參加一些瑜伽課程並取得瑜伽老師的證照。我媽媽曾經是一名瑜伽老師，在她的影響下我開始喜歡上練瑜伽。練瑜珈有助於緩解壓力，讓我感到平靜、放鬆。如果有機會，將來有一天也許我會成立自己的瑜伽工作室。

## 職 深入詳答

I've been working in the IT field for three years, and my friends all consider me more of an engineer type of person. But to be honest with you, I'm extremely interested in cooking and I even want to open a **restaurant specializing** in local Taiwanese **cuisine**. I've already **started** to analyze consumer **preferences** and do some other **preliminary** market research. At some point I'll come up with a complete business plan and start to design a **sample menu**.

我在資訊業工作了三年，朋友都認為我是偏工程師類型的人。但老實說，我對烹飪非常感興趣，甚至想開一家專營台灣本地美食的餐廳。我已經開始分析消費者喜好和做其他初步的市場調查。日後我會想出一個完整的商業計劃並著手設計菜單的樣本。

## Tips 面試一點通！

此題問的是課業／工作之外的興趣或目標。事實上，現今有「斜槓能力」的人還真不少，除了有本身專業外，發展其他方面的技能更有加分效果。因此，針對此題不一定都要討論工作相關的事情，若有其他個人的目標更應說出讓面試官參考喔！

### 實用句型

**Besides ..., I also plan to ....**

除了……之外，我還計劃要……。

例 Besides taking required courses, I also plan to take the English training course.

除了修讀必修課外，我還計劃要上英語訓練課程。

### 好用字彙

**currently** [ˋkɝəntlɪ] (*adv.*) 目前；現在
**earn** [ɝn] (*v.*) 賺得；贏得
**certificate** [sɚˋtɪfəkɪt] (*n.*) 證書；執照
**studio** [ˋstjudɪ.o] (*n.*) 工作室
**restaurant** [ˋrɛstərənt] (*n.*) 餐廳
**specialize** [ˋspɛʃəl.aɪz] (*v.*) 專門從事
**cuisine** [kwɪˋzin] (*n.*) 菜餚；美食
**start** [start] (*v.*) 開始；著手
**preference** [ˋprɛfərəns] (*n.*) 偏好
**preliminary** [prɪˋlɪmə.nɛrɪ] (*adj.*) 初步的
**sample** [ˋsæmpl̩] (*adj.*) 樣品的
**menu** [ˋmɛnju] (*n.*) 菜單

My own answer

# Q76

## What plans do you have for continued study?

你打算如何繼續進修？

### 職 深入詳答

As a data **scientist**, I know how fast technologies **evolve**. Technologies that are new today may become **obsolete** in a year, so I plan to stay **up-to-date** by taking training courses and attending **conferences**. Of course, taking online courses may also be a good **alternative** for a busy person like me.

身為一個數據科學家，我知道科技發展的速度有多快，今天的新技術可能在一年內就過時了。因此，我計劃藉由上訓練課程和參與研討會以隨時掌握最新知識。當然，對於像我這樣忙碌的人來說，參加線上課程或許也是一個不錯的選擇。

### Tips 面試一點通！

找到工作等於不用學習？剛好相反！職場上應學的技能反而更多。事先想好可透過哪些管道自我成長，以便就業後需要時派上用場吧！

### 實用句型

**[Something] may be a good alternative.**

〔某物〕可能是個好選擇。

例 If you want a built-in workout app, this smartphone may be a good alternative.

如果你想要有內建的健身 app，這款智慧型手機可能是一個不錯的選擇。

### 好用字彙

**scientist** [ˋsaɪəntɪst] (*n.*) 科學家

**evolve** [ɪˋvalv] (*v.*) 進化；發展

**obsolete** [ˋabsə͵lit] (*adj.*) 過時的；淘汰的

**up-to-date** [͵ʌp təˋdet] (*adj.*) 最新的

**conference** [ˋkanfərəns] (*n.*) 會議；商談

**alternative** [ɔlˋtɝnətɪv] (*n.*) 其他選項

MP3 077

# Do you plan to run your own business?

你未來會想自己創業嗎？

## 職 深入詳答

I ask myself the same question from time to time. Yes, I do plan to start my own business in the future. I want to be an **entrepreneur** because I welcome challenges. I'd like to establish a web design firm and, in order to keep the business on track, I'd need to learn new things every day. Not having to experience the same day twice is what really makes me **excited** and motivated.

我時不時也會問自己這個問題。是的，我確實打算將來自己創業。我想成為創業家，因為我喜歡挑戰。我想成立一家網頁設計公司，為了讓業務走上正軌，我需要每天學習新事物。每天都可能面臨不同的挑戰，這真的讓我感到躍躍欲試、動力滿滿。

## Tips 面試一點通！

雖說擬答是肯定的回應，但此題老實說並無標準答案，即便想創業也需要天時、地利、人和等因素的配合。倘若被問到此題，掌握一大重點即可：言談透露出自己是個會為未來打算的人。

## 實用句型

**In order to ..., I need to ...**

為了……，我需要……

例 In order to impress the attendees, I need to present my ideas fluently and confidently.

為了給與會者留下深刻印象，我需要流利且自信地做簡報。

## 好用字彙

**entrepreneur** [ˌɑntrəprəˋnɝ] (*n.*) 創業家

**excited** [ɪkˋsaɪtɪd] (*adj.*) 興奮的

MP3 078

## What short-term objectives have you established for yourself? Why are these goals important to you?

你對自己設定了什麼短期目標？為什麼這些目標對你來說很重要？

### 研 有力簡答

I'm preparing for the TOEFL exam and my goal is to **score** 100 on it. The TOEFL **score** is important because it's required for the student exchange program.

我正在準備托福考試，我的目標是拿到一百分。托福成績很重要，因為那是申請交換學生計劃的要求之一。

### 研 深入詳答

Well, one of my short-term goals is to wake up twenty minutes earlier than usual to read journal articles. Allocating more time for reading is important because reading journal articles and then analyzing and **organizing** the information in them will be one of my major **responsibilities** as a graduate student.

嗯，我的短期目標之一是比平時早起二十分鐘以閱讀期刊文章。分配更多的閱讀時間對我來說很重要，因為閱讀期刊文章、分析和組織其中資訊將會是研究生的主要任務。

### 職 深入詳答

I've got many short-term goals really, but what I want to start doing immediately is **watching** at least one Ted Talk per day for a month. I plan to **choose** talks delivered by industry leaders, various experts, and some celebrities. This is important because listening to **speeches** is one of the most effective ways for me to improve my listening and presentation skills.

我有很多短期目標，不過我想立即開始做的是在一個月內每天至少看一場 TED 英文演講。我會選擇產業領袖、各領域專家或一些名人的演講來聽。這個目標很重要，因為聽演講是加強英文聽力和口語表達技巧的最有效方法之一。

## Tips 面試一點通！

短期目標通常是指三個月或半年內可達成的目標，比如報考 TOEIC 多益、多唸幾篇期刊文獻、精進語言能力等，都是筆者曾聽聞的應答。

### 實用句型

**[Doing something] is important because ...**

〔做某事〕很重要，因為……

例 Traveling is important because it helps me gain a better understanding of myself and the world.

旅行很重要，因為它幫助我更瞭解自己和這個世界。

### 好用字彙

**score** [skor] (*v./n.*) 得分 / 分數

**organize** [ˋɔrgə͵naɪz] (*v.*) 組織；使有條理

**responsibility** [rɪ͵spɑnsəˋbɪlətɪ] (*n.*) 責任

**watch** [wɑtʃ] (*v.*) 觀看

**choose** [tʃuz] (*v.*) 挑選

**speech** [spitʃ] (*n.*) 演講

My own answer

## Q79

# Do you think young people should pursue challenging goals or more practical goals?

你認為年輕人應追求具挑戰性的目標，還是實際一點的目標？

### 研 有力簡答

I myself set practical goals. I think if my goals are **realistic**, it increases my chances of achieving them.

我自己會設定實際的目標。我認為如果我的目標是可行的，那麼實現這些目標的機會也會提高。

### 研 深入詳答

I think young people should start with more practical goals, because setting realistic goals helps them increase their self-confidence and keeps them motivated. There's no **point** in young people setting ambitious goals that they can never achieve.

我認為年輕人應從較實際的目標著手，因為設定實際的目標有助於增強自信心並保持動力。年輕人立下過於遠大的目標卻一事無成的話是沒有意義的。

### 職 深入詳答

Well, I would say that young people should set goals that are challenging but still **achievable**. I mean if I know my goals are easily achievable, I might **lose** the motivation to keep moving forward. Setting challenging goals is necessary because it helps young people get out of their comfort zone. Of course, it's also important to make challenging goals manageable by breaking them down into small tasks.

嗯，我認為年輕人應設定具有挑戰性但仍可實現的目標。我的意思是，如果我知道我的目標很容易達成的話，我可能會失去繼續前進的動力。設定具有挑戰性的目標是必要的，因為這麼做能幫助年輕人跳脫舒適圈。當然，將具有挑戰性的目標分解為小任務，使目標易於實現也是很重要的。

## Tips 面試一點通！

設定實際點的目標，顯示此人謹慎；設定具挑戰性的目標，顯示此人有野心。你想讓面試官留下哪種印象呢？預先確認自己的想法並擬好一個合理的回應，不要腦筋一片空白而支吾其詞就好了。

### 實用句型

**There is no point in [doing something].**
〔做某事〕是沒有意義的。

例 There is no point in arguing with such a rude person.
跟這樣粗魯的人爭論是沒有意義的。

### 好用字彙

**realistic** [rɪəˋlɪstɪk] (*adj.*) 現實的；可行的
**point** [pɔɪnt] (*n.*) 要點；意義
**achievable** [əˋtʃivəbl̩] (*adj.*) 可達到的
**lose** [luz] (*v.*) 丟失；喪失

My own answer

MP3 080

# What other skills do you think people should learn in order to prepare for future challenges?

你認為要應付未來的挑戰，人們還需要學哪些技能？

### 研 有力簡答

Our future jobs will require us to work closely with others, so I think having excellent communication skills and the ability to cooperate are both absolutely crucial.

我們未來的工作需要與他人緊密合作，所以我認為出色的溝通能力和合作能力絕對都是至關重要的。

### 研 深入詳答

Well, as new technologies continue to evolve, I think people should develop digital **literacy** and **computational** thinking skills. With digital literacy, people can improve their work **efficiency** and access to information, and even save money and **energy**.

隨著新科技的持續進化，我認為人們應培養數位素養和運算思維能力。有了數位素養的話，人們可提高工作效率，獲取更多資訊，甚至可節省金錢和精力。

### 職 深入詳答

In order to prepare for future challenges, I think problem-solving skills are extremely important. I mean businesses **inevitably** encounter problems and **uncertainty** all the time, and to achieve ambitious company goals, we need to identify and solve complex problems efficiently.

為了迎接未來的挑戰，我認為解決問題的能力極其重要。我的意思是，企業總不可避免會面臨問題和不確定性，為了實現公司目標，我們需要有效率地揪出並解決複雜的問題。

## Tips 面試一點通！

要應付現今變化多端的世界，一兩樣技能搞不好都嫌不夠用了呢！不過，先習得自身學習領域或職場上必要的技能實為上策。每個人的專業與工作各不相同，不妨花點時間想想自己尚缺乏或想學的技能有哪些，倘若面臨如本題的提問也能夠侃侃而談。

### 實用句型

**The ability to ... is/are absolutely crucial.**

……的能力是絕對必要的。

例 The ability to establish good relationships with clients is absolutely crucial for a sales representative.

對業務代表來說，與客戶建立良好關係的能力極其重要。

### 好用字彙

**literacy** [ˋlɪtərəsɪ] (*n.*) 知識；能力

**computational** [͵kampjəˋteʃənḷ] (*adj.*) 計算的；使用電腦進行的

**efficiency** [ɪˋfɪʃənsɪ] (*n.*) 效率

**energy** [ˋɛnədʒɪ] (*n.*) 能量；幹勁

**inevitably** [ɪnˋɛvətəblɪ] (*adv.*) 不可避免地；必然地

**uncertainty** [ʌnˋsɝtntɪ] (*n.*) 不確定性

My own answer

NOTES

# Part 5

## 情境假設與機智問題

## Hypothetical Situations and Problem Solving

# Q81

## What do you think of influencers? If you were going to be an influencer, what topics would you like to work on?

**你對網紅有什麼看法？假如你要做網紅的話，你想從事什麼主題？**

### 研 有力簡答

Well, I think social media **influencers** can have a huge impact on people's purchasing decisions because they create trends and directly encourage their followers to purchase the products that they **represent**.

嗯，我認為社群媒體的網紅對人們的消費決定有很大的影響力，因為他們引領潮流並會鼓勵其粉絲購買他們所代言的產品。

### 研 深入詳答

I've actually thought about doing that. I know that if I want to be a YouTuber or some other kind of influencer, I've got to build a **reputation** for being **knowledgeable** about a **certain** topic or particular field. Because I'm pretty interested in language learning, I think I might like to work on English-learning topics. I could share my English-learning experience and talk about some useful **idiomatic expressions**. In addition to creating videos for my YouTube **channel**, I'd also make Podcasts and cross-post articles on different social media **platforms**.

其實我之前也考慮過此問題。我知道假如我想做一個像是 YouTuber 之類的網紅，我就必須對某個主題或特定領域瞭解甚深並建立自己的聲譽。我對語言學習很感興趣，所以我可能會想做英語學習相關的主題。我可以分享我的英語學習經驗，聊一些實用的慣用語表達方式。除了為我的 YouTube 頻道創作影片之外，我也會製作 Podcast 節目並在不同的社群媒體平台上播放發表。

## Tips 面試一點通！

要面對大眾說話其實是頗具挑戰性的，面試官透過詢問此題來判斷申請者對感興趣的主題／專業以及公開發表言論是否有信心。當然，並非每個人都想當網紅，然而，何不結合網路趨勢想一個自己能夠深入剖析的主題？具備對熟知的主題侃侃而談的能力仍然是相當加分的。

## 實用句型

**Because ..., I would like to ...**

因為……，我想……

例 Because I'm passionate about playing basketball, I'd like to join one of the NBA teams in the future.

因為我對打籃球充滿熱情，將來我想加入 NBA 球隊。

## 好用字彙

**influencer** [ˋɪnfluənsɚ] (*n.*) 有影響力的人

**represent** [ˌrɛprɪˋzɛnt] (*v.*) 代表；象徵

**reputation** [ˌrɛpjəˋteʃən] (*n.*) 名譽；聲望

**knowledgeable** [ˋnalɪdʒəbl] (*adj.*) 有知識的；博學的

**certain** [ˋsɝtən] (*adj.*) 特定的

**idiomatic** [ˌɪdɪəˋmætɪk] (*adj.*) 符合語言習慣的

**expression** [ɪkˋsprɛʃən] (*n.*) 表達；詞句

**channel** [ˋtʃænl] (*n.*) 航道；頻道

**platform** [ˋplætˌfɔrm] (*n.*) 平台；月台

MP3 082

# Do you think it's important to know about events happening around the world, even if it's unlikely that they will affect your daily life?

你是否認為即便不會影響到日常生活，瞭解世界上發生什麼事也是很重要的？

## 研 有力簡答

Yes, I do think that it's important to be informed about what's going on in the world. This is because we're all living in a **global village**, and what happens in Finland might actually affect the **economy** in Taiwan.

是的，我認為瞭解世界上發生什麼事是很重要的。這是因為我們都生活在地球村上，就算發生在芬蘭的事也有可能會影響台灣的經濟。

## 研 深入詳答

Certainly. Knowing what's happening around the world is vital, since I do think that we are all **interdependent**. Just the other day, my friends and I were talking about the **origins** of the shirts and sneakers we were **wearing**. We **checked** the **tags** and found that they were from Honduras and Indonesia, and we realized that we are **connected** quite closely with **rest** of the world, even if we don't always **recognize** it.

當然。瞭解世界各地正在發生什麼事很重要，因為我認為世界各地的人們都是相互依存的。就在前幾天，我和朋友聊到我們所穿的襯衫和運動鞋的產地。我們一看標籤，發現產品來自洪都拉斯和印尼，這讓我們瞭解到，即使平時沒有察覺，但我們和世界上其他國家的關係其實是頗為緊密的。

## Tips 面試一點通！

這個世界儼然就像地球村，國際間動態牽一髮而動全身。倘若能夠分析國際事務與自身的關係，亦可顯示出你是個具備收集資訊並分析情勢能力之人，這將比起只會讀書考高分的競爭者更容易受到教授的認可。

## 實用句型

**... is vital, since ...**

……是重要的，因為……

例 Knowing English is vital, since it will allow us to communicate effectively with people from different countries.

懂英語十分重要，因為讓我們得以與來自不同國家的人進行有效的溝通交流。

## 好用字彙

**global** [ˋglobl̩] (*adj.*) 全球的

**village** [ˋvɪlɪdʒ] (*n.*) 村莊

**economy** [ɪˋkanəmɪ] (*n.*) 經濟

**interdependent** [ˏɪntədɪˋpɛndənt] (*adj.*) 互相依賴的；互助的

**origin** [ˋɔrədʒɪn] (*n.*) 起源；產地

**wear** [wɛr] (*v.*) 穿戴；佩帶

**check** [tʃɛk] (*v.*) 檢查；查看

**tag** [tæg] (*n.*) 標籤

**connect** [kəˋnɛkt] (*v.*) 連接；連結

**rest** [rɛst] (*n.*) 剩餘部分；其餘

**recognize** [ˋrɛkəgˏnaɪz] (*v.*) 認出；識別

My own answer

MP3 083

# In order to succeed, do you think it's better to just do the work assigned to you or to try to stand out from the crowd?

要追求成功，你認為按指示行事就好？還是會想與眾不同？

## 研 有力簡答

I prefer to be different from others. I think an **individual** who can **differentiate** himself or herself from others is more likely to bring his or her unique talents to the table.

我比較想與眾不同。我認為一個能夠使自己脫穎而出的人更有可能將他／她的獨特才能發揚光大。

## 研 深入詳答

Since my **childhood**, I've been taught to be **conservative**, **humble**, and to just follow social **norms**. But I still don't think it's easy for a person who isn't noticed to **succeed**. Instead, I believe an individual should try to differentiate himself or herself from others and use his or her talents to their fullest **extent**.

從小我就被教導要保守、謙虛，還要遵守社會規範。但我仍然認為一個不被注意的人要成功並不容易。相反地，我認為一個人應該努力讓自己與眾不同，並將自己的才能發揮到極致。

## 職 深入詳答

In order to succeed, I definitely think that people should make a **conscious** effort to be different from others. Well, this reminds me of my marketing team at Best Tech. All the members of the team were **exceptionally talented**, but in very different ways. For example, the ad **designer** had amazing **visual** creativity, and the event **coordinator** was good at arranging campaigns and marketing activities. If a person keeps **worrying** that his or her ideas may not be **acceptable** to others, he or she might miss out on opportunities to succeed.

要邁向成功，我認為人應該盡力讓自己與眾不同。這讓我想起了我在 Best Tech 公司行銷團隊的經驗。團隊中的所有同仁都非常有才華，然而每個人會的技能截然不同。例如，廣告設計師具備驚人的視覺創意，活動統籌者擅長規劃行銷活動。如果一個人老是擔心想法可能不被接受，那他／她可能就會錯過成功的機會了。

## Tips 面試一點通！

這一題真的是見仁見智，但假如你應徵的是外商職缺的話，建議還是要回答「與眾不同」會比較有勝算。不過，不僅企業如此，依照筆者的經驗，有活力的學校大都傾向招收不過分守舊且有獨立思維的學生喔。

## 實用句型

**I think [someone] should ... in order to ...**

我認為〔某人〕應該要……，以……

例 I think a sales representative should always tell the truth in order to win the trust and respect of his or her clients.

我認為業務代表應該要實話實說，以贏得客戶的信任和尊重。

## 好用字彙

**individual** [ˌɪndəˋvɪdʒuəl] (*n.*) 個人

**differentiate** [ˌdɪfəˋrɛnʃɪˌet] (*v.*) 差異化

**childhood** [ˋtʃaɪldˌhʊd] (*n.*) 童年時期

**conservative** [kənˋsɝvətɪv] (*adj.*) 保守的

**humble** [ˋhʌmbḷ] (*adj.*) 謙虛的

**norm** [nɔrm] (*n.*) 規範；基準

**succeed** [səkˋsid] (*v.*) 成功

**extent** [ɪkˋstɛnt] (*n.*) 程度

**conscious** [ˋkanʃəs] (*adj.*) 有意識的

**exceptionally** [ɪkˋsɛpʃənəlɪ] (*adv.*) 格外地

**talented** [ˋtæləntɪd] (*adj.*) 有才能的

**designer** [dɪˋzaɪnɚ] (*n.*) 設計者；構思者

**visual** [ˋvɪʒuəl] (*adj.*) 視力的；視覺的

**coordinator** [koˋɔrdnˌetɚ] (*n.*) 協調者

**worry** [ˋwɝɪ] (*v.*)（使）擔心

**acceptable** [əkˋsɛptəbḷ] (*adj.*) 可接受的

My own answer

## Q84

# Do you think people who develop many different skills are more successful than people who focus on one single skill?

你認為培養多種技能的人比專注於單一技能的人更成功嗎？

### 研 有力簡答

I think that people should possess **multiple** skills in order to succeed in this highly competitive **labor** market, since people with many different skills are more likely to realize their full potential.

我認為人要擁有多種技能才能在這個競爭激烈的就業市場中取得成功，因為擁有多種技能的人更有機會充分發揮自己的潛力。

### 研 深入詳答

Yes, I'm always trying to acquire new skills in order to realize my full potential. I'm studying law and I enjoy writing **fiction** as well. Through writing **thrillers** and **mysteries**, I've been able to develop my **reasoning** skills, **imagination**, and writing ability all at the same time. I might have the chance to both practice law and publish my **novels** in the future.

是的，我一直在努力學習新技能以充分發揮我的潛力。目前我正在學習法律，我也喜歡寫小說。透過撰寫驚悚和懸疑故事，我同時也培養了推理力、想像力和寫作力。我將來可能有機會從事法律工作並出版自己的小說。

### 職 深入詳答

To stand out from the crowd, people should develop different skills. My own experience can be a good example. I studied computer science in college and received solid English training as well. So, in the previous software company I was working at, I was able to use both my programming knowledge and English abilities to communicate application development issues with vendors from all over the world. That's why I think cultivating different skills is important in today's competitive world.

要在人群中脫穎而出，人們應培養多種不同的技能。我自己的經驗就是個很好的例子。我在大學是學電腦科學的，也接受過紮實的英語訓練。所以在我以前工作的軟體公司，我能夠結合我的程式編碼知識和英語能力與世界各地的廠商討論應用程式開發的問題。這就是為什麼我認為培養不同的技能在當今競爭激烈的世界中是很重要的。

## Tips 面試一點通！

筆者曾經看過一本關於 A 型血型者個性的書籍，其中描述到人若僅靠單腳站立，會站不穩、搖搖欲墜，但若像 A 這個字母一樣有兩隻腳的話，便可站得穩妥多了。將此概念延伸至技能方面也不例外，人若僅會一種技能，在現今社會上可能稍嫌不足，然而若具備其他技能則可收相輔相成之效。面試應答時不妨以此方向闡述自己的意見，應該是比較討喜的。

## 實用句型

**With [something], we might have a chance to ...**

有了〔某物〕，我們或許就有機會可以……

例 With sufficient resources, we might have a chance to complete this project on time.

有了足夠的資源，也許我們就有機會能夠按時完成這個專案。

## 好用字彙

**multiple** [ˋmʌltəpl] (*adj.*) 多種的；多個的

**labor** [ˋlebɚ] (*n.*) 勞動；勞工

**fiction** [ˋfɪkʃən] (*n.*)（總稱）小說

**thriller** [ˋθrɪlɚ] (*n.*) 驚悚小說（或戲劇、電影）

**mystery** [ˋmɪstərɪ] (*n.*) 懸疑小說

**reasoning** [ˋriznɪŋ] (*n.*) 推論；推理

**imagination** [ɪˌmædʒəˋneʃən] (*n.*) 想像力

**novel** [ˋnavl] (*n.*)（長篇）小說

✎ My own answer

MP3 085

# What would you say to free-riders in a group?

你會對團體中想不勞而獲的人說些什麼？

### 研 有力簡答

I think free-riders not only **hurt** the group, but are also possibly hurting themselves. So, I would tell them that if the group project fails, it could easily delay their graduation as well.

我認為想不勞而獲的同學不僅會傷害團隊士氣，還可能會傷害自己的名聲。所以我會告訴他們，如果小組專題做不好，也很容易影響到他們畢業的時間。

### 研 深入詳答

One of my university classmates **lacked** motivation and didn't really contribute much to our team projects. Instead of blaming him, I talked to him about how to make him feel more motivated. Eventually, we came up with some good ideas together, like **redistributing** tasks, and from that point on he **willingly** and proactively participated in the group.

我有位大學同學比較缺乏動力，對我們的小組專題都不怎麼貢獻意見。我沒有責怪他，反而是和他討論如何讓他更有動力。最後，我們一起想出了些好主意，比如重新分配任務等，從那時起他也願意積極參與小組討論了。

### 職 深入詳答

Well, it's very possible that free-riders don't actually realize that they are contributing less than their team members, so I would show them what other colleagues are doing. This way, they are more likely to be inspired and work harder. In addition, as a team leader, I would have all my team members recognize the importance of each other's efforts, so they know that all their tasks really matter.

嗯，很可能那些想不勞而獲的人其實並沒有意識到他們的貢獻比其他團隊成員少吧，所以我會讓他們知道其他同事都在做些什麼。如此一來，他們更有可能受到啓發並更加努力工作。此外，身為團隊領導者，我會讓我的團隊成員認知彼此努力的重要性，讓他們明白所有任務都很重要。

## Tips 面試一點通！

團體中除了扛責任的（報告都他／她在寫），也免不了會有坐享其成的人（沒什麼貢獻但得到相同分數），透過詢問此題可瞭解你如何看待這種不甚公平的現象。回答此題不要僅提及對「自己」的影響，也要將重點放在對「團體或坐享其成當事人」可能之影響，以及你會如何協助對方融入團體討論的解決之道上。

### 實用句型

**It's very possible ....**

……是很可能的。

例 It's very possible that Ms. Park will be promoted next year.

朴小姐明年升職的可能性很大。

### 好用字彙

**hurt** [hɜt] (*v.*) 使受傷

**lack** [læk] (*v.*) 缺乏；不足

**redistribute** [ˌridɪsˋtrɪbjʊt] (*v.*) 重新分配

**willingly** [ˋwɪlɪŋlɪ] (*adv.*) 願意地

MP3 086

## One of your classmates/colleagues is often late for school/meetings. What advice would you give him or her?

假如你有位同學／同事經常上學／開會遲到，你會給他／她什麼建議？

### 研 有力簡答

I would **honestly** tell my classmate that because of his or her **regular** lateness, other classmates might think he or she is not reliable. So, in order to earn their respect and trust, he or she had better be **punctual**.

我會老實告訴同學，因為他／她的慣性遲到，其他人可能會認為他／她不可靠。所以，為了贏得他人的尊重和信任，最好守時。

### 研 深入詳答

Actually, some of my classmates are always **late** for classes because they are not managing their time effectively. I would tell them the importance of time management and offer to share with them some **tips** about how to better organize their **schedules**.

事實上，我有幾個同學總是上課遲到，因為他們無法有效地管理時間。我會告訴他們時間管理的重要性，並主動與他們分享一些妥善安排行程的小技巧。

### 職 深入詳答

One of my colleagues was always late for work in the morning, and I once **suggested** that she prepare everything she needed for the day **beforehand** instead of **rushing** around in the morning. She actually tried it. She chose her clothes, **packed** her lunch, and reviewed her to-do list the night before. Now, she's not only better **organized**, but she was never late again.

我有一位同事上班總是遲到，我曾建議她提前準備好當天需要的一切東西，而不要到早上才手忙腳亂。她確實試著那麼去做了，她在前一天晚上選好衣服、包好午餐，並檢視了待辦事項清單。現在，她不僅做事比較有條理，也不再遲到了。

## Tips 面試一點通！

不論身在什麼團體，總是會有人經常遲到且辦起事來慌手慌腳的。學業或工作團隊內若有這樣的人物可能會拖延整體的工作效率，此題正是想測試應試者對這樣的人看法如何並有何因應之道。你所提出的建議也可反映出你本身可能就具備這樣的特質喔！

### 實用句型

**I would tell [someone] the importance of [something].**

我會告訴〔某人〕〔某事〕的重要性。

例 I would tell young people the importance of integrity.

我會告訴年輕人正直的重要性。

### 好用字彙

**honestly** [ˋɑnɪstlɪ] (*adv.*) 誠實地；如實地

**regular** [ˋrɛgjələ] (*adj.*) 定期的；經常的

**punctual** [ˋpʌŋktʃuəl] (*adj.*) 準時的；守時的

**late** [let] (*adj.*) 遲的；晚期的

**tip** [tɪp] (*n.*) 提示；訣竅

**schedule** [ˋskɛdʒul] (*n.*) 時間表

**suggest** [səˋdʒɛst] (*v.*) 建議；暗示

**beforehand** [bɪˋfor.hænd] (*adv.*) 預先

**rush** [rʌʃ] (*v.*)（使）倉促行事

**pack** [pæk] (*v.*) 裝（箱）；打包

**organized** [ˋɔrgən.aɪzd] (*adj.*)（做事）有條理的

MP3 087

# If a teacher/client asks you a question and you don't know the answer, what would you do?

假如老師／客戶問你個問題，但你不知如何回答，你會怎麼做？

## 研 有力簡答

That happens to me from time to time, actually. In such a situation, I would just say, "I don't have the **answer** to that **question**, but give me some time, I'll figure it out."

實際上，這種事情算蠻常發生的。在這種情況下，我會照實說「我現在沒有答案，但請給我一些時間，我會想出答案的」。

## 研 深入詳答

Well, I always do the assigned reading before the class and make sure I have answers to any discussion questions provided. But, if my professor asks me something that I don't know the answer to, instead of saying "I have no idea" directly, I would ask the professor to **provide** some **hints** to help me figure out the answer.

我都會在上課前閱讀好指定的教材，並確定我都找到討論問題的答案。不過，若教授問我一些我不懂的問題，我不會直接說「我不知道」，我會請教授提供一些提示來協助我找出答案。

## 職 深入詳答

In such a situation, I would tell the client the truth that I don't have an answer to that question **at the moment**, but I'll **follow up** on it. For example, I'll consult with my manager, find out the answer, and get back to him or her as soon as possible. The key point here is instead of saying "I don't know," I'll try my best to solve the client's problem.

在這種情形下，我會據實以告，跟客戶說我暫時無法回答他／她的問題，但我會採取後續行動以提供協助。比方說，我會請教我的主管，找出答案並盡快回覆。關鍵重點是不要直接說「我不知道」，而是盡全力設法解決客戶的問題。

## Tips 面試一點通！

人不可能知道所有問題的答案。倘若遇到不知如何回答的問題，就誠實地說「不知道」其實也無妨。但重點是，言談之間要展現出「後續願意試著做些研究並找到答案」的精神，一般而言，正面、積極的答覆在面試中比較不易失誤。

### 實用句型

**The point is ...**

重點是……

例 The real point is that we have to know our budget before we can come up with a plan.

真正的關鍵在於我們必須先瞭解預算有多少，然後才能擬定計劃。

### 好用字彙

**answer** [ˈænsɚ] (*n.*) 答案；回答

**question** [ˈkwɛstʃən] (*n.*) 問題；詢問

**provide** [prəˈvaɪd] (*v.*) 提供

**hint** [hɪnt] (*n.*) 暗示；指點

**at the moment** 此刻；目前

**follow up** 採取進一步行動

My own answer

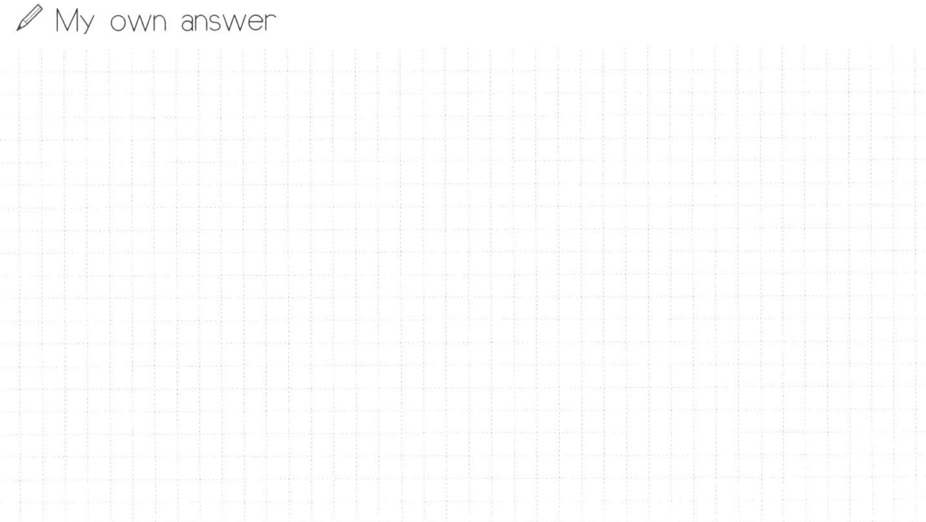

MP3 088

## If your professor/manager says something wrong during a class/meeting, do you prefer to correct him/her right away? Or talk to him/her privately?

假如你的教授／主管在課堂／會議上講錯資訊，你會傾向於馬上糾正他／她？還是私下再告訴他／她？

### 研 有力簡答

I don't want to **embarrass** my professor, so if the mistake my professor makes is just a **minor slip**, I would **make a note** of the mistake and find a strategic time to **discuss** it with him or her **behind closed doors**.

我不想讓教授感到難堪，所以如果教授犯的錯只是一個小失誤，我會先記下來再找個時間有技巧地私下跟他／她討論。

### 研 深入詳答

Everyone makes mistakes, and that's **natural**. Even professors may say something **incorrect** during class. The crucial point, though, is how to **correct** them without **embarrassment**. I remember in a case **analysis** seminar, my professor **mispronounced** the name of an international company. I didn't think it was a big deal, so instead of interrupting him immediately, I talked to him after the class, and we figured out the **correct pronunciation** together.

每個人都會犯錯，這是很正常的。即使是教授也有可能在課堂上說錯話。然而，重點是如何在不尷尬的情況之下糾正錯誤。我記得在一堂案例分析的研討課上教授唸錯了一家跨國公司的名字發音。我覺得這沒什麼大不了的，所以就沒有立即打斷他，而是下課後再告訴他，然後我們一起找出了正確的發音。

### 職 深入詳答

If my supervisor said something wrong during a meeting, I would talk to him or her about the mistake **privately**. Not only would this be the **respectful** thing to do, but it also avoids creating an **embarrassing** moment during the meeting. I think some **senior** managers may have especially large **egos** and they probably don't want to be **criticized** right **on the spot**. So, I would definitely talk with my manager about the mistake, but I would do it away from my colleagues.

如果我的主管在會議上說錯了什麼，我會私下再跟他／她說。這不僅代表我對主管的尊重，同時也是想避免在會議期間引起尷尬的場面。有些資深主管的自尊心特別強，他們可能不想當場受到批評。因此，我一定會跟主管討論他／她的錯誤，但會在沒有同事在場時再提出。

## Tips 面試一點通！

每個人遇到的教授／老闆特質不盡相同，有的能夠接受批評，有的比較重面子。但若遇到的問題是比較重大的，非得要立即修正不可的話其實也是可以提出，只不過要謹記兩點：口氣溫和、對事不對人。

### 實用句型

**I don't really want to ...**

我並不是想要……

例 I don't really want to ruin your moment, but you should be careful about his intention.

我並不想潑你冷水，但你還是應該小心他的意圖。

### 好用字彙

**embarrass** [ɪmˋbærəs] (*v.*) 使尷尬
**minor** [ˋmaɪnɚ] (*adj.*) 較小的；不重要的
**slip** [slɪp] (*n.*) 小錯誤；疏漏
**make a note** 作筆記
**discuss** [dɪˋskʌs] (*v.*) 討論
**behind closed doors** 秘密地；不公開地
**natural** [ˋnætʃərəl] (*adj.*) 自然的；正常的
**incorrect** [ˏɪnkəˋrɛkt] (*adj.*) 不正確的
**correct** [kəˋrɛkt] (*v./adj.*) 改正／正確的
**embarrassment** [ɪmˋbærəsmənt] (*n.*) 尷尬
**analysis** [əˋnæləsɪs] (*n.*) 分析
**mispronounce** [ˏmɪsprəˋnaʊns] (*v.*) 讀錯音
**pronunciation** [prəˏnʌnsɪˋeʃən] (*n.*) 發音
**privately** [ˋpraɪvɪtlɪ] (*adj.*) 私下地；不公開地
**respectful** [rɪˋspɛktfəl] (*adj.*) 尊敬人的
**embarrassing** [ɪmˋbærəsɪŋ] (*adj.*) 令人尷尬的
**senior** [ˋsinjɚ] (*adj.*) 級別高的；資深的
**ego** [ˋigo] (*n.*) 自我；自尊心
**criticize** [ˋkrɪtɪˏsaɪz] (*v.*) 批評；評論
**on the spot** 立即；當場

My own answer

## Q89

MP3 089

# When you are assigned an important presentation for school or work, do you prefer to work on it a bit every day even if you're not sure what you want to say, or would you rather wait until you had a good idea about the content of the presentation?

假如你要準備一場學校或工作上重要的簡報，你會偏好立即著手每天做一點，即使你還不確定要說些什麼；還是等到你對內容有了好點子之後再開始？

### 研 有力簡答

As a **proactive** person, I would start working on the presentation immediately. The earlier I start working, the more time I've got to develop solid ideas.

我本身是屬於行動派的人，我會立即處理簡報作業。越早開始處理，我就有越多時間想出好的點子。

### 研 深入詳答

While most of my friends usually wait until they've got good ideas before starting tasks, I start working on my assignments as early as possible. I take small **steps** and make **incremental** progress. This helps **reduce** my anxiety, and I'm more likely to produce high-quality work as a result.

我大多數朋友通常都會等到他們有好點子之後才開始動作，不過我喜歡儘早做準備。我會一天做一點，積少成多就會看出進展。如此有助於我降低焦慮感，而且也比較有可能產出高品質的成果。

### 職 深入詳答

I always start to work on **important** tasks immediately. I think time management and responsibility go hand in hand and are equally important for my career. I usually **divide** a big assignment into small, manageable tasks and work on them a bit every day. This way I can ensure that a high-quality presentation can be produced before the deadline.

我總是立即著手處理重要的任務。我認為時間管理和責任是相輔相成的，對我的職涯發展同等重要。我通常將一項大任務分成數個可管理的小任務，每天做一點。這樣我就可以確保在截止日期前能產出高品質的簡報。

### Tips 面試一點通！

由此題的回應可聽出一個人的處事態度與時間管理能力，做事效率高或低？是否會拖延時間？建議還是要依產業屬性來回答。比方說，若應徵的是「步調較快速」的產業，則老闆可能較想聽到「行動派」的答案；若是應徵需要時間醞釀點子的設計類、藝術類產業，則老闆可能會認爲點子的「品質」比行事速度重要。因此，面試前務必先做好研究功課，以便掌握目標職務所屬產業較欣賞的回應模式。

### 實用句型

**The earlier ..., the more ...**

越早……，越……

例 The earlier I get up in the morning, the more time I've got to enjoy my breakfast.

我早上越早起床，就越有時間可享用早餐。

### 好用字彙

**proactive** [proˋæktɪv] (*adj.*) 主動的

**step** [stɛp] (*n.*) 步驟

**incremental** [ɪnkrəˋmɛntl̩] (*adj.*) 遞增的

**reduce** [rɪˋdjus] (*v.*) 減少；降低

**important** [ɪmˋpɔrtnt] (*adj.*) 重要的

**divide** [dəˋvaɪd] (*v.*) 劃分

MP3 090

## If you had four hours to do anything you wanted, what would you do, and why?

假如你有四小時可做任何想做的事，你想做什麼？為什麼？

### 研 有力簡答

Well, I'd spend the four hours **searching** for information about my next **vacation destination** and planning the **details** of the **trip**.

我會花四小時搜尋下一個度假地點的資訊並規劃旅程的細節。

### 研 深入詳答

I would use the four hours to make a **bookshelf** for all my books and papers. I've got **textbooks** and **documents** all over the place in my room and it's **difficult** for me to find what I need. So, I want to have a place to organize all of my printed information.

我會用這四小時做一個書架來放書和資料。我的房間裡到處都是教科書和文件，我很難找到需要的東西。所以，我想要一個地方來整理我所有的書面資料。

### 職 深入詳答

I've always wanted to create an online professional **portfolio**, and I think four hours is perfect for this little project. What I want to do is to organize my achievements, including research results, project reports, and **testimonials** from clients. To keep it **simple**, I think I would upload documents and links to a Google Sites page. It would be a good way for colleagues, clients, and future employers to know exactly what kind of work I do.

我一直想做一個自己的線上作品集，我認為四個小時對這個小任務而言最恰好不過了。我想把我的作品好好地整理一番，包括研究成果、專案報告和客戶好評等。為了簡便，我會把資料和連結上傳到 Google Sites。對同事、客戶和未來的雇主來說，這會是一個讓他們瞭解我的工作成果不錯的方式。

## Tips 面試一點通！

現代人經常被學業、工作或生活瑣事纏身，鮮少有機會能花上幾個小時自處並深入思考。各位不妨趁著準備此題時，審視自己想做些什麼卻沒空做的是？無論是稀鬆平凡之事，或是令人耳目一新的規劃，一旦下定決心，盡量「擠出時間」並「實際動手」做下去就對了！

## 實用句型

**What I want to do is ...**

我想做的是……

例 What I want to do is (to) study computer science in the U.S.

我想做的是去美國學電腦科學。

## 好用字量

**search** [sɜtʃ] (*v.*) 尋找；搜尋
**vacation** [veˋkeʃən] (*n.*) 休假；假期
**destination** [ˌdɛstəˋneʃən] (*n.*) 目的地
**detail** [ˋditel] (*n.*) 細節；詳情
**trip** [trɪp] (*n.*) 旅行
**bookshelf** [ˋbʊkˌʃɛlf] (*n.*) 書架
**textbook** [ˋtɛkstˌbʊk] (*n.*) 教科書；課本
**document** [ˋdɑkjəmənt] (*n.*) 文件
**difficult** [ˋdɪfəˌkəlt] (*adj.*) 困難的
**portfolio** [portˋfolɪˌo] (*n.*) 作品集
**testimonial** [ˌtɛstəˋmonɪəl] (*n.*) 推薦信
**simple** [ˋsɪmpḷ] (*adj.*) 簡單的；簡明的

My own answer

MP3 **091**

## Imagine your life ten years in the future. Talk about one way you think your life will be different.

想像一下你十年後的生活吧。談談你覺得自己的生活會有何不同？

### 研 有力簡答

Well, ten years is a long time, and it's rather difficult to make **predictions**. So instead of thinking about the **unknown** in the future, I'd rather focus on what I can do now.

十年很長，有點難以預測。所以與其去想未知的將來，我更想專注於現在我能力所及的事情。

### 研 深入詳答

I want to become an expert in **behavioral finance**, so I'll pursue a PhD degree and work on research projects in the field. In addition, with a PhD degree, I will be teaching at a university and **perhaps** writing textbooks. Anyway, in ten years, I still see myself doing research to investigate the world of finance.

我想成為行為財務學的專家，所以我會攻讀博士學位並從事該領域的研究。此外，獲得博士學位後，我將在大學任教，也許還會編寫教科書。無論如何，十年後我應該仍在做研究探索金融世界。

### 職 深入詳答

It's hard to say, but in ten years, I think I will have established my **own** small business. I mean, I've always wanted to become a small business **owner** and work on projects that match my interests and passions. If that really happens, I guess I'll be working long hours with little time for myself, and I'll probably be under a lot of stress. Even though **owning** a business comes with challenges, I still just want to **go for it**.

很難說，但十年後，我想我會創辦一間小企業吧。我的意思是，我一直想成為小企業老闆，從事符合本身興趣和熱情的工作。如果真的可行，我想我的工作時間會很長，自己獨處時間變少，還可能會承受很大的壓力。儘管自己創業難免會面臨一些挑戰，但我仍然想盡力試試看。

## Tips 面試一點通！

很多人被問到十年後的規劃，總抱持「就算心裡沒答案，也應該要說出點什麼」的想法，然後就天馬行空地回答起來，結果不知所云。筆者認為，就算你對未來尚未有確切想法也沒關係呀，任誰都沒有預知未來的能力，對吧？那便可參考〔㊊有力簡答〕，回答「先專注在將眼前的生活過好較重要」。當然，倘若對未來已有規劃或憧憬，則直說無妨囉！

### 實用句型

**Even though ..., [someone] still want(s) to ...**

即便……，〔某人〕還是想要……

例 Even though he is already sixty, he still wants to go back to school and finish his high school degree.

儘管他已經六十歲了，但他仍想回到學校完成高中學業。

### 好用字彙

**prediction** [prɪˋdɪkʃən] (*n.*) 預言

**unknown** [ʌnˋnon] (*n.*) 未知的事物

**behavioral** [bɪˋhevjərəl] (*adj.*) 行為的

**finance** [faɪˋnæns] (*n.*) 財政；金融

**perhaps** [pɚˋhæps] (*adv.*) 大概；或許

**own** [on] (*adj./v.*) 自己的／擁有

**owner** [ˋonɚ] (*n.*) 所有人

**go for it** 努力爭取；大膽一試

My own answer

MP3 **092**

## Do you think human jobs will be replaced by AI/ robots in ten years?

你認為人類的工作在十年後會被人工智慧／機器人取代嗎？

### 研 有力簡答

Well, we can't **deny** that some **factory** jobs have already been **replaced** by robots, right? And yes, I think robots and AI systems will continue to **phase out** many manufacturing jobs in the future.

嗯，我們無法否認一些工廠的工作已經被機器人取代了，對吧？所以，我認為機器人和 AI 系統將在未來繼續逐漸淘汰許多製造業類型的工作。

### 研 深入詳答

That's a wonderful question to think about. While I think jobs are being replaced and will continue to be replaced by robots or **automation** systems, I believe that AI will create many new jobs as well. For example, data **entry** jobs can be easily done by computers, but well-trained data scientists are still needed to analyze and interpret those data.

這是個值得深思的好問題。雖然我認為現今工作已經並將持續被機器人或自動化系統取代，但我相信人工智慧也會創造出許多新的工作。例如，數據輸入工作由電腦執行輕而易舉，但還是需要訓練有素的數據科學家來分析和解讀這些數據所代表的意義。

### 職 深入詳答

Many of my friends and colleague think that human jobs will be gradually replaced by robots, but I actually **hold** a different opinion. I think some **workers** will never be replaced by **machines**, including teachers, **attorneys**, and medical doctors. I mean, these professionals can be **aided** by **technological** tools, of course, but robots still can't **replicate** the empathy that these experts deliver.

我很多朋友和同事都認為人類的工作會逐漸被機器人取代，但我卻有不同的看法。我認為有些工作總還是需要人類來做，包括教師、律師和醫生。我的意思是，這些專業人士當然可以藉由技術工具的幫助來做得更好，然而機器人終究無法複製這些專家所傳遞的同理心與情感。

## Tips 面試一點通！

此題目不論是在面試情境，亦或是日常閒聊都已是熱門話題之一了。不要說十年後了，即便是今時今日，也有許多工作早已被機器／自動化系統取代了。然而重點是，十年後「所有」工作都會被機器取代嗎？不一定吧！還是有些工作是需要人類的互動才能完成的。回答此題正是發揮你批判性思考能力的最佳時機！

## 實用句型

**We can't deny that ...**

不可否認，……

例 We can't deny that 2022 was a very difficult year for us.

不可否認，2022 年對我們來說是非常艱難的一年。

## 好用字彙

**deny** [dɪˋnaɪ] (*v.*) 否定；否認

**factory** [ˋfæktərɪ] (*n.*) 工廠

**replace** [rɪˋples] (*v.*) 取代；替換

**phase out** 逐步淘汰

**automation** [ˏɔtəˋmeʃən] (*n.*) 自動化（技術）

**entry** [ˋɛntrɪ] (*n.*) 登錄

**hold** [hold] (*v.*) 抱持（見解等）；認為

**worker** [ˋwɝkɚ] (*n.*) 工人；勞動者

**machine** [məˋʃin] (*n.*) 機器

**attorney** [əˋtɝnɪ] (*n.*) 律師

**aid** [ed] (*v.*) 幫助

**technological** [tɛknəˋlɑdʒɪkl] (*adj.*) 關於（或涉及）技術的

**replicate** [ˋrɛplɪˌket] (*v.*) 複製

## Q93

# What do you think the world will be like in twenty years?

你認為二十年後世界會變什麼樣子？

### 研 有力簡答

Well, as a science major, I think there will be more technological **innovations**, like flying cars and robot doctors.

身為一個理科生，我認為二十年後將會有更多的技術創新，比方說飛行汽車或機器人醫生等。

### 研 深入詳答

Just the other day, I read a report from the United Nations that said that around 70% of the world **population** will live in big cities by 2050. So, we can expect that major cities will be more **crowded** than they are **nowadays**.

前幾天，我讀到一篇聯合國的報告，內容提及 2050 年世界上大約七成的人口會居住在大城市。因此，我們可以預期大城市將比現在更加擁擠。

### 職 深入詳答

Well, I would say that technology will continue to develop, and at the same time, create new **professions** and **job** opportunities for people as well. Just the other day, I was **chatting** with a taxi driver, and he said that there might be self-driving Uber Taxis in the future. I **kind of** agreed with his idea and thought people will also need computer experts and **mechanics** who know how to **fix** those self-driving Uber Taxis. I can **predict** that in twenty years, technology will affect every aspect of people's lives.

嗯，我認為科技將會持續發展，同時也為人們創造新的職業和工作機會。前幾天，我和一個計程車司機聊天，他說未來可能會有自動駕駛的 Uber 計程車。我還蠻同意他的想法的，不過我也認為人們還需要會修理自駕計程車的電腦專家和技師。我可以預測二十年後，科技將影響人們生活的各個層面。

## Tips 面試一點通！

人除了看眼前的利益，更重要的是遠見，相信此話不會有人反對。此題目正可問出應試者是否曾思慮過未來世界的景象。現在不論各行各業都強調「永續經營」的目標，不如趁此機會想想你所屬的產業如何在十年、二十年後還可持續發展吧！

### 實用句型

**We can expect that ...**

我們可以預期……

例 We can expect that some jobs will be replaced by robots.

我們可以預期一些工作將會被機器人取代。

### 好用字彙

**innovation** [ˌɪnəˋveʃən] (*n.*) 新方法；創新
**population** [ˌpɑpjəˋleʃən] (*n.*) 人口
**crowded** [ˋkraʊdɪd] (*adj.*) 擁擠的
**nowadays** [ˋnaʊəˌdez] (*adv.*) 現今
**profession** [prəˋfɛʃən] (*n.*)（尤指需要特殊訓練或專業技能的）職業
**job** [dʒɑb] (*n.*) 工作；職業
**chat** [tʃæt] (*v.*) 閒聊
**kind of** 有點
**mechanic** [məˋkænɪk] (*n.*) 技師
**fix** [fɪks] (*v.*) 修理
**predict** [prɪˋdɪkt] (*v.*) 預言；預料

My own answer

# Q94

## Do you prefer to work on many different types of tasks or do similar tasks all day long?

你比較喜歡做各式不同的工作項目還是整天都做類似的任務？

### 職 深入詳答

I definitely prefer having a variety of assignments during the **workday**, because it helps increase my **productivity** and it provides a sense of achievement. For example, when I was with ABC Company, my duties included not only organizing customer **account files**, but also interacting with customers in person to help them solve problems. That experience made me realize that working on different types of tasks keeps me engaged.

工作時我非常願意接手各式各樣的任務，因為這有助於我提高工作效率並獲得成就感。舉例來說，當我在 ABC 公司時，我的職責不僅包括整理客戶檔案，還包括親自與客戶互動以協助他們解決問題。這段經驗讓我瞭解到，從事不同類型的任務能讓我保持專注。

### Tips 面試一點通！

現今社會凡事皆追求效率，在職場上尤其如此，雇主偏好招募一人可完成多任務的員工（而非一件小事要好幾個人做），因此透過此題，面試官可判斷應徵者是否具備多工處理技能。

### 實用句型

**That experience made me realize ...**

這經驗讓我瞭解到……

例 That experience made me realize the importance of teamwork.

那次的經驗讓我瞭解到團隊合作的重要性。

## 好用字彙

**workday** [ˋwɜk͵de] (*n.*) 上班日

**productivity** [͵prodʌkˋtɪvətɪ] (*n.*) 生產率

**account** [əˋkaʊnt] (*n.*) 帳戶

**file** [faɪl] (*n.*) 資料夾；檔案

My own answer

MP3 095

# Do you think advertising is a waste of time and money because customers already know what they want?

顧客本身已知道想買什麼商品了，你會認為登廣告是浪費時間和金錢嗎？

## 職 深入詳答

I think the **effectiveness** of advertising really relies on the industry and product type. Advertising does play an essential role in promoting **commodities** and services, since it's one of the most direct ways to inform the target audience about what products are available on the market. However, the effectiveness of advertising might be less **apparent** in some specific industries. For example, my previous company specialized in IC design, and they didn't consider placing **advertisements** an effective strategy.

我認為廣告的效果取決於產業與產品的類型。廣告確實在推廣商品和服務方面發揮重要的作用，因為它是讓目標客群瞭解市場上有哪些產品的最直接方式之一。但是，在某些特定行業中，廣告的效果可能不太明顯。比方說，我之前的公司專門從事晶片設計，他們便不認為投放廣告是有效的策略。

## Tips 面試一點通！

類似的問法還有：線上廣告的運用規劃、廣告的效益評估方式、如何提升廣告效益等。提醒應徵者應對所屬產業事先做好功課，瞭解該產業的特定知識或時事發展，便可草擬答案、寫下關鍵字備用。

### 實用句型

**... really relies on ....**

……要視……狀況而定。

例 Success of the project really relies on how much time and budget we've got.

專案的成功與否取決於我們有多少時間和預算。

### 好用字彙

**effectiveness** [ə`fɛktɪvnɪs] (*n.*) 有效

**commodity** [kə`mɑdətɪ] (*n.*) 商品；貨物

**apparent** [ə`pærənt] (*adj.*) 明顯的

**advertisement** [ˌædvɚ`taɪzmənt] (*n.*) 廣告

My own answer

MP3 096

## Do you think selecting a stable job is better than a risky job with a higher salary?

你認為選擇穩定的工作會比高薪卻冒險的工作來得好嗎？

### 職 深入詳答

Well, yeah, I think a **secure** job is more important for me than a high **salary**. I value job **security** because a **stable** job provides a **relatively** safe environment for me to advance my professional skills. In addition, my **spouse** is also working in the IT industry and we **make ends meet**, so I don't see a need for me to **get involved in** an unstable work environment just to earn a bigger paycheck.

嗯，我認為一份穩定的工作對我來說比高薪更為重要。我現在比較看重工作穩定度，因為穩定的工作提供了相對安全的環境讓我提升專業技能。另外，我先生也在資訊業工作，以我們的收入維持家計還不成問題，所以我認為我沒有必要為了賺更多的薪水而去從事不穩定的工作。

### Tips 面試一點通！

通常年輕想衝、敢闖的人可能會選高薪冒險的工作，反觀有家庭、小孩的人可能偏好穩定度高的工作。不論個人選擇爲何，務必將你的理由「言之有理」便是。

### 實用句型

**I think [doing something] is more important for me than [doing something].**

我認為〔做某事〕比〔做某事〕來得更重要。

例 I think getting a sense of achievement is more important for me than earning a bigger paycheck.

我認為取得成就感對我來說比賺更多的薪水來得更重要。

## 好用字彙

**secure** [sɪˋkjʊr] (*adj./v.*) 安全的／保障
**salary** [ˋsælərɪ] (*n.*) 薪水
**security** [sɪˋkjʊrətɪ] (*n.*) 安全（性）；保障
**stable** [ˋstebl̩] (*adj.*) 穩定的
**relatively** [ˋrɛlətɪvlɪ] (*adv.*) 相對地
**spouse** [spaʊz] (*n.*) 配偶；伴侶
**make ends meet** 使收支平衡
**get involved in** 涉及；參與

My own answer

MP3 097

# When an issue is raised during a meeting, do you jump right in and offer your ideas or sit back and think it through before you talk?

針對會議中所討論的議題，你是會立即發表意見？還是深思熟慮過後再發言？

## 職 深入詳答

When an issue is raised during a meeting, my first reaction is that I need to **think it through** before I offer my opinions. I don't want to just say whatever **comes to mind**. Instead, I like to **think through** the issue, have some possible solutions in mind, and think carefully about the words I use as well. This way I can avoid potential **misunderstandings**. If I simply voice my **half-baked** thoughts, colleagues won't value my opinions that much.

當在會議中有問題要討論時，我的第一反應會是，我必須先考慮清楚後再發表意見。我不想只是想到什麼說什麼。相反地，我喜歡仔細分析問題，在腦海中思索一些可能的解決方案，並注意用字遣詞之後再回答，這樣就可以避免可能的誤解。如果我只是說出一些不成熟的想法，同事們就不會那麼重視我的意見。

## Tips 面試一點通！

為了避免話說太快造成誤解，建議發表意見前先組織一下資訊，思考回答的切入點，而非漫無目的地想到什麼就講什麼。面試時也是一樣喔！

## 實用句型

**When ..., my first reaction is ...**

當……時，我的第一反應會是……

例 When I am asked to provide solutions, my first reaction is that I need to identify the root causes of the problem.

當被要求提出解決方案時，我腦海中首先想著我該找出問題的根本原因。

## 好用字彙

**think through** 認真考慮；想清楚

**come to mind** 出現於腦海中

**misunderstanding** [ˌmɪsʌndɚˋstændɪŋ] (*n.*) 誤解

**half-baked** [ˋhæfˋbekt] (*adj.*) 思慮不周的

My own answer

MP3 098

## If you had enough money to retire now, would you?

假如你已經擁有足夠的錢，你是否會想現在就退休？

### 職 深入詳答

I don't think so. I'm pretty sure I wouldn't **retire** now even if I had enough money to do it. As long as I'm still excited about opportunities for personal **accomplishment**, career **growth**, and social **relationships**, I would like to continue working. I don't work simply to earn a paycheck. Rather, it's the sense of achievement that really motivates me.

我不這麼認為。我很確定即使我已經有足夠的錢，我也不會現在退休，只要我仍對個人成就、職涯成長和社會關係的發展機會保有熱情與動力，我就會繼續工作。我工作不僅僅是為了賺取薪水，真正激勵我前進的反而是那份成就感。

### Tips 面試一點通！

想早早就退休的人並不是說沒有，但大多數的人應該還沒打算太早就進入閒雲野鶴的田園生活吧？然而，繼續工作僅是爲了錢嗎？那倒未必。此題看似將「有錢＝退休／沒錢＝繼續工作」設爲因果關係，聰明的回答者，可先將此邏輯打破，再說明自己會選「繼續工作」的主因並非要賺錢，而是還有其他因素激勵著自己。

### 實用句型

**I ... even if ...**

我……，即便……

例 I won't arrive on time even if I take a taxi.

就算我搭計程車，我也無法準時抵達。

## 好用字彙

**retire** [rɪˋtaɪr] (*v.*)（使）退休

**accomplishment** [əˋkɑmplɪʃmənt] (*n.*) 成就

**growth** [groθ] (*n.*) 成長；發展

**relationship** [rɪˋleʃənˋʃɪp] (*n.*) 關係

My own answer

MP3 **099**

## In what areas do you think that the IT industry needs to improve?

你認為 **IT** 產業在哪些方面需要改進？

### 職 深入詳答

Information security is definitely the key. I've worked in different IT companies, and all of them consider **confidential** business information very important. They all **deploy** security systems to **protect sensitive** business data from **modification**, **disclosure**, or **destruction**. **Employees** nowadays can access company information using different devices, including laptops and tablets, so IT people must keep improving the ways companies secure their important information.

資安問題絕對是關鍵。我曾在不同的資訊公司工作過，他們都認為機密商業資訊非常重要，因此他們部署了安全系統來保護敏感的商業數據免遭修改、洩露或破壞。此外，現今的員工都可以使用不同的設備，包括筆記型電腦和平板電腦來存取公司資訊，因此資管人員應不斷改進公司保護其重要資料的方式。

### Tips 面試一點通！

針對此題，應徵者的回應須具意義且有條理才有機會獲得面試官的青睞，建議準備面試時要事先做好功課，比如市場調查等，並將獲取的資訊加以分析，整理成能夠展現自己對市場的觀察力與遠見的答案。

### 實用句型

**… protect … from …**

……保護……免受……

例 All parents try very hard to protect their children from danger.

天下父母都非常努力想保護他們的孩子免受危險。

## 好用字彙

**confidential** [ˌkɑnfəˋdɛnʃəl] (*adj.*) 機密的
**deploy** [dɪˋplɔɪ] (*v.*) 部署
**protect** [prəˋtɛkt] (*v.*) 保護
**sensitive** [ˋsɛnsətɪv] (*adj.*) 敏感的
**modification** [ˌmɑdəfəˋkeʃən] (*n.*) 修改
**disclosure** [dɪsˋkloʒɚ] (*n.*) 公開
**destruction** [dɪˋstrʌkʃən] (*n.*) 破壞
**employee** [ˌɛmplɔɪˋi] (*n.*) 員工

My own answer

MP3 100

## How do you deal with office politics and gossip?

你如何面對辦公室政治和八卦？

### 職 深入詳答

To deal with office **politics**, I always try to stay calm and take time to consider how to **react**. Well, I mean office politics is an **unavoidable** part of modern work culture, but I tend to just focus on my tasks and try not to participate. As for **gossip**, well, I just **concentrate** on my own job and **stay out of** it.

面對辦公室政治，我總是盡量保持冷靜，花點時間思考如何應對。我的意思是，辦公室政治是現代職場文化中不可避免的一部分，但我往往只專注於我的工作而盡量不參與其中。至於八卦，我就是專注於自己的工作，不會想捲入口舌之爭。

### Tips 面試一點通！

不知哪位名人曾說過：「有人的地方，就會有八卦。」雖說辦公室活動主要以商務爲主，但似乎也免不了政治與八卦話題的流傳，不論今後是否會被捲入，面試時還是先表明自己會專注於自身工作是較中規中矩的答案。

### 實用句型

**To deal with ..., I always try to ...**

在處理……上，我總是試著……

例 To deal with difficult customers, I always try to be calm and listen to what they have to say first.

面對難纏的顧客，我總是盡量保持冷靜，先聽聽他們的意見。

## 好用字彙

**politics** [ˋpalətɪks] (*n.*) 政治

**react** [rɪˋækt] (*v.*) 作出反應

**unavoidable** [ˏʌnəˋvɔɪdəbl̩] (*adj.*) 不可避免的

**gossip** [ˋgasəp] (*n.*) 閒聊；流言

**concentrate** [ˋkansɛnˏtret] (*v.*) 集中精神

**stay out of** 不介入

My own answer

NOTES

# Part 6

## 應試者適合提出的問題與結束感謝用語

The Applicant's Questions and Ending the Interview

## 應試者適合提出的問題

MP3 101

面試進行到最後，大部分的面試官都會留下一點提問時間，以下列出適合應試者提出的問題，供讀者參考：

申請研究所

- How many graduate students does a professor **typically** have?
  一位教授通常指導幾個研究生？
- What is the typical **duration** of time required to complete a master's degree?
  通常貴所的修業年限是多久？
- What kind of work are previous graduates of the master's programs doing now?
  貴所之前的碩士畢業生現在從事什麼樣的工作？

應徵工作

- Is the position **based** in Singapore, Hong Kong, or Taipei?
  此職缺的工作地點是在新加坡、香港，還是台北？
- How much travel is required for this position?
  此職缺的出差頻率為何？
- Can I ask when you plan to make a **hiring** decision?
  可否瞭解一下貴公司何時會做錄取決定？
- Do you offer opportunities for training?
  貴公司是否提供教育訓練的機會？
- How do you evaluate employees?
  貴公司如何評核員工績效？
- Does your company encourage further education?
  貴公司鼓勵在職進修嗎？

- Could you describe your company's management style?
  可以請您描述一下貴公司的管理風格嗎？
- Is this a new position or am I replacing someone?
  此工作是新職缺還是有人離職？
- Are salary **adjustments geared to** the **cost of living** or job **performance**?
  薪資調整是依據物價水準還是個人表現？
- Do you **fill** positions from the outside or promote from within first?
  貴公司有職缺的話是從外面找人還是先由內部人員拔擢？

## 結束感謝用語

面試結束之後，面試官通常不會轉身就走，而會利用一小段時間禮貌性地感謝應試者赴約，此時你也可再次表達對面試官騰出時間面試的謝意。除了“Thank you very much.”之外，也可使用下列句子：

- Thank you for your time and I really enjoyed meeting you.
  謝謝您撥空，我真的很高興見到您。
- I really appreciate your **consideration**.
  我非常感激您考慮我的申請／應徵。
- I really enjoyed our discussion.
  我非常高興和您討論。
- Thank you for taking the time to describe the details of the program/position.
  謝謝您撥空向我說明此學程／職位的細節。
- I really appreciate you giving me this time and opportunity to demonstrate my abilities.
  非常感激您撥空面試我並給我這個機會證明我的能力。

另外，也可表達希望後續保持聯絡的心意。

- If you need me to provide more information to help you decide, please feel free to let me know.
  若您需要我提供更多資料來協助您做決定，請隨時通知我。
- Let's keep in touch. Good-bye.
  我們保持聯繫，再見。

## 好用字彙

**typically** [ˋtɪpɪklɪ] (*adv.*) 一般；通常
**duration** [djʊˋreʃən] (*n.*) 持續時間；期間
**base** [bes] (*v.*) 以……為基地
**hiring** [ˋhaɪrɪŋ] (*n.*) 雇用
**adjustment** [əˋdʒʌstmənt] (*n.*) 調整
**geared to** 著眼於；面向
**cost of living** 生活成本
**performance** [pɚˋfɔrməns] (*n.*) 表現
**fill** [fɪl] (*v.*) 任（職）；填（缺）
**consideration** [kənsɪdəˋreʃən] (*n.*) 考慮

# Appendix

# 智取面試延伸補給

- A. 侃侃而談詞彙組
  - ・描述人格特質
  - ・說明興趣喜好
  - ・說明進修規劃
  - ・說明過往經驗
- B. 過關斬將句型組
- C. 影音履歷腳本範例

## 侃侃而談詞彙組 描述人格特質（形容詞）

### 優點

1 **ambitious** [æm`bɪʃəs] 有抱負的；志向遠大的
2 **articulate** [ɑr`tɪkjə.let] 能言善道的；口才好的
3 **bold** [bold] 勇敢的；無畏的
4 **brilliant** [`brɪljənt] 有才氣的；聰穎的
5 **confident** [`kɑnfədənt] 有自信的
6 **courteous** [`kɝtjəs] 謙恭的；有禮的
7 **decisive** [dɪ`saɪsɪv] 堅決的；果斷的
8 **dependable** [dɪ`pɛndəbḷ] 可靠的；可信任的
9 **diligent** [`dɪlədʒənt] 勤奮的
10 **easygoing** [`izɪ.goɪŋ] 隨和的
11 **energetic** [.ɛnə`dʒɛtɪk] 有活力的；精力旺盛的
12 **honorable** [`ɑnərəbḷ] 令人尊敬的；品德高尚的
13 **lively** [`laɪvlɪ] 活潑的；生氣勃勃的
14 **loyal** [`lɔɪəl] 忠誠的；忠心的
15 **mature** [mə`tjʊr] 成熟的；穩重的
16 **open-minded** [`opən`maɪndɪd] 開明的
17 **optimistic** [.ɑptə`mɪstɪk] 樂觀的
18 **original** [ə`rɪdʒənḷ] 有獨創性的
19 **passionate** [`pæʃənɪt] 熱情的
20 **pioneering** [paɪə`nɪərɪŋ] 有開創精神的
21 **productive** [prə`dʌktɪv] 生產力高的；有成效的
22 **prudent** [`prudnt] 謹慎的；精明的
23 **reliable** [rɪ`laɪəbḷ] 可信賴的；可靠的
24 **respected** [rɪ`spɛktɪd] 受人尊敬的；受敬重的
25 **self-reliant** [`sɛlfrɪ`laɪənt] 自立的；自力更生的
26 **sincere** [sɪn`sɪr] 真誠的
27 **straightforward** [.stret`fɔrwəd] 直率的；坦誠的

28 **thorough** [ˋθɝo] 仔細的

29 **upright** [ˋʌp͵raɪt] 正直的；負責的

30 **warm-hearted** [ˋwɔrmˋhɑrtɪd] 熱心的；親切的

31 **well-rounded** [ˋwɛlˋraʊndɪd] 全面發展的；面面俱到的

32 **witty** [ˋwɪtɪ] 風趣的；詼諧的

## 缺點

1 **biased** [ˋbaɪəst] 有偏見的；存有成見的

2 **impolite** [͵ɪmpəˋlaɪt] 沒禮貌的；粗魯的

3 **indifferent** [ɪnˋdɪfərənt] 冷淡的；不關心的

4 **inflexible** [ɪnˋflɛksəbl̩] 剛硬的；執拗的

5 **naive** [nɑˋiv] 天真的；輕信的

## 思考方式

1 **analytical** [͵ænl̩ˋɪtɪkl̩] 分析性的 (= analytic)

2 **constructive** [kənˋstrʌktɪv] 有建設性的；有助益的

3 **creative** [krɪˋetɪv] 有創意的；有創造力的

4 **critical thinking** 批判性思考

5 **diplomatic** [͵dɪpləˋmætɪk] 圓滑的；委婉的

6 **discerning** [dɪˋzɝnɪŋ] 有識別力的；眼光敏銳的

7 **imaginative** [ɪˋmædʒə͵netɪv] 富想像力的；有創意的

8 **innovative** [ˋɪno͵vetɪv] 創新的；有開創精神的

9 **logical** [ˋlɑdʒɪkl̩] 有邏輯的；合理的

10 **objective** [əbˋdʒɛktɪv] 客觀的；無偏見的

11 **penetrating** [ˋpɛnə͵tretɪŋ] 有洞察力的

12 **perceptive** [pɚˋsɛptɪv] 觀察敏銳的

13 **reasonable** [ˋriznəbl̩] 合理的；通情達理的

14 **strategic thinking** 策略性思考

15 **systematic** [͵sɪstəˋmætɪk] 有系統的；有條理的

## 工作能力

1 **adaptable** [ə'dæptəbl̩] 適應力強的；能適應新環境的
2 **charismatic** [ˌkærɪz'mætɪk] 有領袖魅力的
3 **efficient** [ɪ'fɪʃənt] 有效率的；有能力的
4 **experienced** [ɪk'spɪrɪənst] 有經驗的；熟練的
5 **flexible** ['flɛksəbl̩] 靈活的；能變通的
6 **goal-oriented** ['gol'ɔrɪɛntɪd] 目標導向的
7 **hard-working** [ˌhard'wɝkɪŋ] 努力工作的；勤勉的
8 **methodical** [mə'θadɪkəl] 有條理的；井然有序的
9 **observant** [əb'zɝvənt] 善於觀察的
10 **organized** ['ɔrgənˌaɪzd] 有系統的；有條理的
11 **persuasive** [pɚ'swesɪv] 有說服力的
12 **professional** [prə'fɛʃənl̩] 專業的；非常內行的
13 **resilient** [rɪ'zɪlɪənt] 適應力強的；迅速恢復精力的
14 **resourceful** [rɪ'sorsfəl] 足智多謀的；善用資源的
15 **self-motivated** ['sɛlf'motɪvetɪd] 自我激勵的；自動自發的
16 **tactful** ['tæktfəl] 圓滑的；得體的

## 工作態度

1 **aggressive** [ə'grɛsɪv] 積極進取的；有上進心的
2 **alert** [ə'lɝt] 思維敏捷的
3 **committed** [kə'mɪtɪd] 盡心盡力的
4 **conscientious** [ˌkanʃɪ'ɛnʃəs] 認真的；盡責的
5 **cooperative** [ko'apəˌretɪv] 樂於合作的
6 **determined** [dɪ'tɝmɪnd] 下定決心的；堅決的
7 **disciplined** ['dɪsəplɪnd] 守紀律的；自我要求高的
8 **enthusiastic** [ɪnˌθjuzɪ'æstɪk] 熱衷的；有熱忱的
9 **helpful** ['hɛlpfəl] 樂於助人的
10 **indefatigable** [ˌɪndɪ'fætɪgəbl̩] 不屈不撓的
11 **patient** ['peʃənt] 有耐心的

12 **persistent** [pə`sɪstənt] 堅持不懈的

13 **practical** [`præktɪkḷ] 講求實際的

14 **proactive** [pro`æktɪv] 主動的；積極的

15 **realistic** [rɪə`lɪstɪk] 務實的；實事求是的

16 **responsible** [rɪ`spɑnsəbḷ] 負責任的；有責任心的

## 侃侃而談詞彙組 說明興趣喜好 (名詞)

1 **bicycling** [`baɪsɪkḷɪŋ] 騎單車

2 **camping** [`kæmpɪŋ] 露營

3 **cooking** [`kukɪŋ] 烹飪

4 **dancing** [`dænsɪŋ] 跳舞

5 **diving** [`daɪvɪŋ] 潛水

6 **fishing** [`fɪʃɪŋ] 釣魚

7 **gardening** [`gɑrdnɪŋ] 園藝

8 **hiking** [`haɪkɪŋ] 登山健行

9 **jogging** [`dʒagɪŋ] 慢跑

10 **language learning** 學習語言

11 **painting** [`pentɪŋ] 繪畫

12 **photographing** [`fotə͵græfɪŋ] 攝影

13 **reading** [`ridɪŋ] 閱讀

14 **shopping** [`ʃapɪŋ] 逛街；購物

15 **surfing** [`sɝfɪŋ] 衝浪

16 **swimming** [`swɪmɪŋ] 游泳

17 **traveling** [`trævḷɪŋ] 旅行

18 **watching movies** 看電影

19 **writing** [`raɪtɪŋ] 寫作

20 **yoga** [`jogə] 瑜珈

## 侃侃而談詞彙組 說明進修規劃

1. **advanced training** 進修訓練
2. **distance learning** 遠距學習
3. **EMBA** 企業管理碩士在職專班（Executive Master of Business Administration 簡稱）
4. **enhance leadership potential** 提升領導潛力
5. **information session** 說明會
6. **intensive program** 密集課程
7. **international accreditation** 國際認可（學校 / 課程等）
8. **managerial position** 管理階層職位
9. **online course** 線上課程
10. **real-world business application** 實際的商業應用

## 侃侃而談詞彙組 說明過往經驗（動詞過去式）

### 發想提議

1. **automated** [ˋɔtəmetɪd] 使自動化；使機械化
2. **conceived** [kənˋsivd] 構思；設想
3. **designed** [dɪˋzaɪnd] 設計
4. **devised** [dɪˋvaɪzd] 設計；策劃
5. **engineered** [ˏɛndʒəˋnɪrd] 策劃；建造
6. **formulated** [ˋfɔrmjəˏletɪd] 制定；想出
7. **invented** [ɪnˋvɛntɪd] 發明
8. **planned** [plænd] 策劃
9. **programmed** [ˋprogræmd] 制定
10. **projected** [prəˋdʒɛktɪd] 企劃；設計
11. **proposed** [prəˋpozd] 提議
12. **provided** [prəˋvaɪdɪd] 提供
13. **recommended** [ˏrɛkəˋmɛndɪd] 推薦；提議

14 **specified** [ˋspɛsə͵faɪd] 具體說明
15 **visualized** [ˋvɪʒuə͵laɪzd] 設想；使視覺化

## 創始開發

1 **activated** [ˋæktə͵vetɪd] 啓動；觸發
2 **created** [krɪˋetɪd] 創造
3 **developed** [dɪˋvɛləpt] 開發；發展
4 **established** [əsˋtæblɪʃt] 建立
5 **founded** [ˋfaʊndɪd] 創立
6 **generated** [ˋdʒɛnə͵retɪd] 產生
7 **initiated** [ɪˋnɪʃɪ͵etɪd] 發起
8 **introduced** [͵ɪntrəˋdjust] 引進
9 **launched** [lɔntʃt] 啓動；開展
10 **navigated** [ˋnævə͵getɪd] 導引
11 **originated** [əˋrɪdʒə͵netɪd] 創始
12 **pioneered** [͵paɪəˋnɪrd] 開創；倡導
13 **set up** 建立；開創

## 領導管理

1 **administered** [ədˋmɪnəstəd] 管理
2 **approved** [əˋpruvd] 核准；認可
3 **assigned** [əˋsaɪnd] 分配
4 **authorized** [ˋɔθə͵raɪzd] 授權；委託
5 **conducted** [kənˋdʌktɪd] 帶領；經營
6 **delegated** [ˋdɛlə͵getɪd] 委派
7 **directed** [dəˋrɛktɪd] 指導；指揮
8 **empowered** [ɪmˋpaʊəd] 授權；准許
9 **guided** [ˋgaɪdɪd] 引導；帶領
10 **headed** [ˋhɛdɪd] 率領
11 **integrated** [ˋɪntə͵gretɪd] 整合

12 **led** [lɛd] 領導
13 **managed** [ˋmænɪdʒd] 管理；經營
14 **mandated** [mœnˋdetɪd] 命令；授權
15 **motivated** [ˋmotɪvetɪd] 鼓勵；激發
16 **organized** [ˋɔrgə.naɪzd] 組織；安排
17 **oversaw** [ˋovəˋsɔ] 監管
18 **reorganized** [riˋɔrgə.naɪzd] 重組；改組
19 **stimulated** [ˋstɪmjə.letɪd] 激勵；激發
20 **structured** [ˋstrʌktʃəd] 組織；構成
21 **supervised** [ˋsupəvaɪzd] 監督；管理
22 **united** [juˋnaɪtɪd] 使團結

## 參與執行

1 **adopted** [əˋdaptɪd] 採用；採納
2 **analyzed** [ˋænḷ.aɪzd] 分析；解析
3 **conferred** [kənˋfɝd] 協商
4 **coordinated** [koˋɔrdnɪtɪd] 協調；使互相配合
5 **evaluated** [ɪˋvælju.etɪd] 評估；評價
6 **executed** [ˋɛksɪ.kjutɪd] 執行
7 **handled** [ˋhændḷd] 處理
8 **implemented** [ˋɪmpləməntɪd] 實施
9 **maintained** [menˋtend] 維護；維持
10 **negotiated** [nɪˋgoʃɪ.etɪd] 商討；協商
11 **participated** [parˋtɪsə.petɪd] 參與；參加
12 **performed** [pəˋfɔrmd] 執行；表現
13 **progressed** [prəˋgrɛst] 進行；進步
14 **represented** [.rɛprɪˋzɛntɪd] 代表
15 **reviewed** [rɪˋvjud] 複查；檢閱
16 **revised** [rɪˋvaɪzd] 校訂；修正
17 **scheduled** [ˋskɛdʒuld] 排程；安排時間

18 **supported** [sə`portɪd] 支持；支援
19 **trained** [trend] 訓練；培養
20 **volunteered** [ˌvalən`tɪrd] 自願

## 成效結果

1 **accelerated** [æk`sɛləˌretɪd] 加速；促進
2 **accomplished** [ə`kamplɪʃt] 達成；完成
3 **boosted** [bustɪd] 增加；促進
4 **completed** [kəm`plitɪd] 完成
5 **effected** [ɪ`fɛktɪd] 造成；實現
6 **eliminated** [ɪ`lɪməˌnetɪd] 消除；淘汰
7 **enhanced** [ɪn`hænst] 提高；增強
8 **expanded** [ɪk`spændɪd] 擴張；拓展
9 **expedited** [`ɛkspəˌdaɪtɪd] 加速執行；促進
10 **improved** [ɪm`pruvd] 改進；改善
11 **increased** [ɪn`krist] 增加；增強
12 **influenced** [`ɪnflʊənst] 影響
13 **interpreted** [ɪn`tɝprɪtɪd] 說明；解釋
14 **lessened** [`lɛsnd] 減輕
15 **maximized** [`mæksəˌmaɪzd] 最大化
16 **minimized** [`mɪnəˌmaɪzd] 最小化
17 **optimized** [`aptəˌmaɪzd] 最佳化；優化
18 **reduced** [rɪ`djust] 縮減；降低
19 **reinforced** [ˌriɪn`fɔrst] 強化；增援
20 **revamped** [ri`væmpt] 修改；改進
21 **simplified** [`sɪmpləˌfaɪd] 簡化
22 **solved** [salvd] 解決
23 **streamlined** [`strimˌlaɪnd] 使有效率；簡化
24 **strengthened** [`strɛŋθənd] 加強；強化
25 **upgraded** [ʌp`gredɪd] 使升級；提升

## 過關斬將句型組

學習完本書的高頻問題與擬答後，讀者應該都對面試場上的問答對談心裡有個譜了，以下列出精選自書中的表達句型，面試前請再於腦海中模擬一遍，有助於節省翻找的時間，靈活套用，迅速 get ready！

### 自我介紹：說明個人特質

- [ ] **I would say that I'm a ... and ... person.**
  我會說我是一個……和……的人。

### 自我介紹：別人如何形容自己

- [ ] **My ... describe(s) me as a/an ... and ... person.**
  我的……都說我是……的人。

### 自我介紹：說明自己的優點

- [ ] **I consider ... and ... my two strengths.**
  我認為……和……是我的強項。
- [ ] **I'm pretty good at [doing something].**
  我很擅長〔做某事〕。

### 自我介紹：說明自己的缺點

- [ ] **As for my weaknesses, I have to admit that sometimes I pay too much attention to details.**
  至於我的弱點，我必須承認，有時候我太注重細節了。

### 自我介紹：影響我最深的人

- [ ] **The person who influenced me the most is [someone].**
  影響我最深的人是〔某人〕。
- [ ] **[Someone] has/have influenced me in many ways.**
  〔某人〕對我各方面影響都很大。

B

### 說明緩解壓力的方式

- [ ] **In order to handle stress, I ...**
  為了紓壓，我……

### 說明喜愛從事的活動

- [ ] **I like/enjoy going + [activity].**
  我喜歡做〔某活動〕。

### 說明推薦的事物（書籍、電影等）

- [ ] **One ... I highly recommend is ... by ....**
  我最推薦的……是……的……。

### 說明申請該研究所的原因

- [ ] **I did a lot of research about Yale on the Internet before applying, and I know that the programs and courses that you offer align very closely with my research interests.**
  在申請之前，我在網路上搜尋了許多關於耶魯大學的資訊，我知道貴校所提供的課程與我的研究興趣非常一致。

### 說明個人學習／工作風格

- [ ] **I work at a steady pace on [something], and ensure that all assigned tasks are done accurately.**
  我在做〔某事〕上保持著穩定的進展，並確保準確地完成所有指派的任務。
- [ ] **I used to work overtime a lot, but now I finish all tasks on time.**
  我以前經常加班，但現在我按時完成所有任務。

### 說明時間管理的方式或投注心力的事

- [ ] **I spend most of my time [doing something].**
  我花大部分時間在〔做某事〕。
- [ ] **I dedicated my time to [doing something].**
  我花了很多時間〔做某事〕。

B

### 說明對何種事物抱有熱情

- [ ] **I'm passionate about [doing something].**
  我對〔做某事〕有熱情。
- [ ] **I'm passionate about conducting research and I'm passionate about artificial intelligence.**
  我熱衷於做研究，對人工智慧方面也極有興趣。

### 說明個人感興趣的研究主題

- [ ] **One research topic I'm interested in is ....**
  我有興趣的研究主題是……。
- [ ] **As a ... major, I'm especially interested in ....**
  我主修……，對……特別有興趣。

### 說明個人對某事物感興趣的契機

- [ ] **After [doing something], I became interested in ....**
  在〔做某事〕之後，我變得對……有興趣。

### 說明個人研究／學習規劃

- [ ] **As a ... major, I'll focus on ....**
  身為主修……的學生，我會專注在……。
- [ ] **Besides ..., I also plan to ....**
  除了……之外，我還計劃要……。
- [ ] **What I want to do is ...**
  我想做的是……

### 說明自己在大學時期的亮點

- [ ] **[Do something] was a highlight of my university life.**
  〔做某事〕是我大學生活的亮點。

### 說明曾參與之學校專題的概要

- [ ] **The project explores ways ...**
  此專題探討的是……如何……

### 說明在學校專題或活動／前工作崗位上所負責的項目

- [ ] **I'm mainly responsible for ....**
  我主要負責……。
- [ ] **I was the ... and responsible for ....**
  我是……，負責……。
- [ ] **When I worked at ..., I was in charge of ....**
  當我在……工作時，我負責……。

### 說明獲得成就感的來源

- [ ] **I truly enjoy the satisfaction of [doing something].**
  我很喜歡〔做某事〕所帶來的成就感。
- [ ] **I get a sense of achievement from [doing something].**
  我自〔做某事〕取得成就感。
- [ ] **I truly enjoy the satisfaction of completing ambitious projects.**
  我很喜歡完成具挑戰性的專題／專案所帶來的成就感。

### 說明個人認為要勝任學校／職場任務應具備的技能

- [ ] **To [do something], [skill] and [skill] are necessary.**
  要〔做某事〕，〔某技能〕和〔某技能〕是必要的。
- [ ] **It's necessary for ... to ....**
  對……而言，做……是有必要的。
- [ ] **I believe that … and … are equally important.**
  我相信……和……同等重要。
- [ ] **The ability to ... is/are absolutely crucial.**
  ……的能力是絕對必要的。

### 說明某經驗帶給自己的收獲

- [ ] **The experience taught me ...**
  由此經驗我學到……
- [ ] **That experience made me realize ...**
  這經驗讓我瞭解到……

### 說明藉由個人經歷所習得的技能

- [ ] **I've developed strong ... and ... skills.**
  我已培養出……與……技能。

### 強調自己就是最佳人選

- [ ] **I believe I'm the best candidate because ...**
  我相信我是最佳人選，因為……

### 說明面臨問題／困難的應對方式

- [ ] **When I have trouble [doing something], I ...**
  〔做某事〕遇到困難時，我會……
- [ ] **When ..., I tend to ...**
  當……時，我通常會……
- [ ] **To deal with ..., I always try to ...**
  在處理……上，我總是試著……
- [ ] **When facing challenges in life, I tend to always look on the bright side.**
  當面對生活中的挑戰時，我都盡量往好的方面看。

### 說明處理衝突的方式

- [ ] **When encountering conflicts, I try to be direct, clarify what is going on, and proactively work with stakeholders to come up with workable solutions.**
  遇到衝突時，我會直截了當去弄清楚是怎麼回事，並積極地與相關人員一起盡力找出可行的解決方案。

### 說明曾獲得之某個發揮技能／潛力的機會

- [ ] **I was given an opportunity to ....**
  我得到一個……的機會。

### 說明離職原因

- [ ] **There was not much room for me to advance in ....**
  我在……沒有太多的發展空間。

### 說明心目中理想教授／主管的特質

- [ ] **I think good professors/supervisors/leaders/decision-makers should ...**
  我認為好的教授／老闆／領導者／決策者應該要……
- [ ] **The most important quality of a leader is the ability to communicate effectively.**
  領導者最重要的特質是具備有效溝通的能力。
- [ ] **I think good leaders should be able to think strategically.**
  我認為好的隊長要有策略思考的能力。

### 說明個人認為深具影響的事

- [ ] **[Doing something] has had far-reaching effects on [something].**
  〔做某事〕對〔某事〕有深遠的影響。
- [ ] **[Doing something] is important because ...**
  〔做某事〕很重要，因為……
- [ ] **I think [doing something] is more important for me than [doing something].**
  對我而言，我認為〔做某事〕比〔做某事〕來得更重要。

### 說明個人認為不具意義的事

- [ ] **There is no point in [doing something].**
  〔做某事〕是沒有意義的。

### 說明期待將來在學校／職場上做的事

- [ ] **I'm looking forward to [doing something].**
  我期待〔做某事〕。
- [ ] **I'm looking forward to learning ....**
  我很期待學習……。

- [ ] **There's always more to learn about ....**
  關於……總還有可學習的。

## 說明心目中成功的定義

- [ ] **For me, being successful is attaining the goals I have set for myself.**
  對我來說，成功就是實現我給自己設定的目標。

## 說明個人的短期目標

- [ ] **One of my short-term goals is ....**
  我的短期目標之一是……。
- [ ] **I've got many short-term goals really, but what I want to start doing immediately is ....**
  我有很多短期目標，不過我想立即開始做的是……。

## 說明達成某目標的策略

- [ ] **The best way to ... is ....**
  做……最好的方式是……。
- [ ] **I believe ... is the most effective strategy to ....**
  我相信……是……的最有效策略。

## 補充說明某個回答

- [ ] **The point is ...**
  重點是……

## 補充說明個人的賣點

- [ ] **I would like to emphasize ...**
  我想強調一下……
- [ ] **I would like to share with you more about my achievements ....**
  我想與您分享更多關於我……的成就。

**影音履歷 Sample Script** ＊以筆者自身為例 

Hello, dear students, friends, and everyone~ Thank you for watching this video. If you think that learning English is challenging, well, I must tell you that, with me, learning English can be as easy as one, two, three.

My name is Wendy Hsueh. I went to the U.S. when I was eighteen, and I received my Master's degree in Computer Science at FDU, New Jersey, and I returned to Taiwan in 1998. Actually, after I came back home, I also earned a 2nd Master's degree in TESOL from National Chiao Tung University.

For the past 25 years, I've been working in two different fields. First, I continue to work in the software industry, including working at Microsoft Taiwan for five years. At the same time, I teach TOEFL, IELTS, and reading and writing strategies during the weekends. So the experience of both learning and teaching English as well as actually using the language in the business world has made me realize the importance of applying what we learn in textbooks to real-life situations.

Learning English is not about taking tests and getting outstanding scores, but it's really about how to communicate with others in English effectively. So, for this reason, my teaching philosophy is always "learn, practice, and apply". In my class, students, YOU will be the ones who talk the most, and I will be by your side to give you some guidance. So, if you are looking for an English teacher who can really help you improve, I am certainly your first choice. Contact me right away, and let's talk.

親愛的同學和朋友們，大家好～感謝收看影片。如果你認為學習英語頗具挑戰性，那麼我一定要告訴你，跟著我學英語可是再簡單也不過了。

我是 Wendy Hsueh。18 歲時我前往美國，在位於紐澤西州的 FDU 大學取得電腦科學碩士學位，並於 1998 年返台。回到家鄉後，我還在國立交通大學取得了 TESOL（英語教學）第二碩士學位。

在過去的 25 年裡，我一直在兩個不同的領域工作。首先，我持續在軟體產業工作，包括在台灣微軟工作了 5 年。同時，我也在週末教授托福、雅思等英檢考試的閱讀和寫作策略。因此，學習和教授英語以及實際上在業界中使用英文的經驗讓我意識到將在教科書上學到的知識應用到日常生活中的重要性。

學習英語不是以應付考試和得到高分為目的，反而應是確實與他人做有效的溝通。因此，我的教學理念是「學習、實踐與應用」。在我的課堂上，學生們會有大量機會開口說話，並且我會適時地提供所需的指導。如果你正在尋找能真正幫助你進步的英語教師，我便是你的首選。馬上與我聯絡，讓我們談談吧！

國家圖書館出版品預行編目（CIP）資料

英語面試應答實錄：甄試．留學．就業一本通／薛詠文作.
-- 初版. -- 臺北市：波斯納出版有限公司, 2023.07
面；　公分
ISBN 978-626-97353-3-4（平裝）

1. CST：英語　2. CST：面試　3. CST：會話

805.188　　112007871

# 英語面試應答實錄：
# 甄試．留學．就業一本通

作　　者／薛詠文
執行編輯／游玉旻

出　　版／波斯納出版有限公司
地　　址／100 台北市館前路 26 號 6 樓
電　　話／(02) 2314-2525
傳　　真／(02) 2312-3535
客服專線／(02) 2314-3535
客服信箱／btservice@betamedia.com.tw
郵撥帳號／19493777
帳戶名稱／波斯納出版有限公司

總 經 銷／時報文化出版企業股份有限公司
地　　址／桃園市龜山區萬壽路二段 351 號
電　　話／(02) 2306-6842

出版日期／2023 年 7 月初版一刷
定　　價／420 元
I S B N／978-626-97353-3-4

貝塔網址：https://www.betamedia.com.tw

喚醒你的英文語感！

Get a Feel for English !